FIRST PUBLISHED IN THE UNITED STATES OF AMERICA BY VIKING, AN IMPRINT OF PENGUIN RANDOM HOUSE LLC, 2020
TEXT COPYRIGHT © 2020 BY MAX BRALLIER
ILLUSTRATIONS COPYRIGHT © 2020 BY DOUGLAS HOLGATE
PENGUIN SUPPORTS COPYRIGHT. COPYRIGHT FUELS CREATIVITY, ENCOURAGES DIVERSE VOICES, PROMOTES FREE SPEECH, AND CREATES A VIBRANT CULTURE. THANK YOU FOR BUYING AN AUTHORIZED EDITION OF THIS BOOK AND FOR COMPLYING WITH COPYRIGHT LAWS BY NOT REPRODUCING, SCANNING, OR DISTRIBUTING ANY PART OF IT IN ANY FORM WITHOUT PERMISSION. YOU ARE SUPPORTING WRITERS AND ALLOWING PENGUIN TO CONTINUE TO PUBLISH BOOKS FOR EVERY READER.

COPYRIGHT © FARO EDITORIAL, 2022

Todos os direitos reservados.
Nenhuma parte deste livro pode ser reproduzida sob quaisquer meios existentes sem autorização por escrito do editor.

Milkshakespeare é um selo da Faro Editorial.

Diretor editorial: **PEDRO ALMEIDA**

Coordenação editorial: **CARLA SACRATO**

Assistente editorial: **JESSICA SILVA**

Preparação: **DANIELA TOLEDO**

Revisão: **BÁRBARA PARENTE**

Capa e design originais: **JIM HOOVER**

Adaptação de capa e diagramação: **CRISTIANE | SAAVEDRA EDIÇÕES**

Dados Internacionais de Catalogação na Publicação (CIP)
Jéssica de Oliveira Molinari CRB-8/9852

Brallier, Max
  Os últimos jovens da terra : histórias da casa da árvore / Max Brallier, Douglas Holgate : tradução de Cassius Medauar. -- São Paulo : Milkshakespeare, 2022.
    208 p. : il. : color.

  ISBN 978-65-5957-195-6
  Título original: The Last Kids on Earth: Thrilling Tales from the Tree House

  1. Histórias em quadrinhos 2. Literatura infantojuvenilI. Título II. Holgate, Douglas III. Medauar, Cassius

22-2039	CDD 741.5

Índice para catálogo sistemático:
1. Histórias em quadrinhos

1ª edição brasileira: 2022
Direitos de edição em língua portuguesa, para o Brasil, adquiridos por FARO EDITORIAL

Avenida Andrômeda, 885 – Sala 310
Alphaville – Barueri – SP – Brasil
CEP: 06473-000
WWW.FAROEDITORIAL.COM.BR

SUMÁRIO

PERIGO NO BEISEBOL 6

UM BANDO DE GLOBLETS. 30

A PRETENSIOSA
SITUAÇÃO DA MASSA. 56

O BOM, O MAU
E O SELVAGEM. 82

AO VENCEDOR,
AS PIPOCAS 106

O CONTO ÉPICO DAS COISAS ÉPICAS
QUE VOCÊ NUNCA VIU ACONTECER
(MAS PROVAVELMENTE DEVERIA
SABER DELAS) 136

do Herman
Ei, Monstruosidade! A cabeça daquele monstro parece um brinquedo! Aproveite!
VAMOS SAIR DAQUI!
AAAHH?
POW!
BLAM!

— Eu. Agora eu! Hora da minha história.

— Não dá para ser pior que a "história que nunca aconteceu" do Jack.

— Quer dizer a história mentirosa e recheada de mais mentiras?

— Essa mesma!

— Gostei da história do Jack porque eu tive MUITA presença. Mas não tanto quanto NESTA HISTÓRIA...

— ESTA HISTÓRIA que é 100% VERDADEIRA e ACONTECEU DE VERDADE.

— Apresentada pra aprovação da Sociedade da Meia-noite...

ONDE ESTÁ O MEU ASSISTENTE?

O Chefe falou... ASSISTENTE?

E acredito que o termo seja *sous chef*.

Eu volteeeeiiiil

APLAUSOS

Agora!!!

É A GLOBLET ESTRELANDO:

UM BANDO de GLOBLETS

Escrita por **Max Brallier**

ilustrada por **Anoosha Syed**

Pisca

Ahmeudeus, Chefe, você NEM imagina o sonho que eu tive.

Siiigh...

CLARO QUE NÃO. FOI O SEU SONHO, GLO...

Então, eu era a monstra MAIS importante da globosfera e podia fazer qualquer coisa que quisesse e todos me amavam. Até você! Bom, todos menos a...

A MAIONESE!

JÁ TERMINOU DE REPREENDER A MAIONESE? PORQUE TEMOS QUE COZINHAR.

O que temos para o menu de hoje, Chefinho?

Nos encontramos de novo... falei pra ficar fora dos meus sonhos!

Tie!

2 HOT 2 HANDLE

AH, BOLINHA GOSMENTA, VOCÊ VAI DESCOBRIR AGORA POR QUE A REVISTA MICHELIN INTERDIMENSIONAL ME PREMIOU COM ZERO PNEUS DOURADOS. VAMOS FAZER O SANDUÍCHE DEFINITIVO!

FWAP!!

PRECISO DE UMA TONELADA DE MUSGO PICADO, EXATAMENTE NOVE METROS DE ALCAÇUZ EEEEE UMA JARRA DE SEIVA DA VELHA ÁRVORE DE BORDO LÁ ATRÁS.

SANDUBA IRADO DO JOE NRG

Pode deixar, Chefito!
Mozzarela do Mario
QUEIJO ARTIFICIAL PREMIUM
pula!
pula!
SINTA QUEIMAR! COM CHEIRO DE CEREJA!
WHIP!
WHIP!
alcaçuz
O melhor da natureza!
UMA PITADA DISSO, UMA PITADA DAQUILO E... OPA!
CADÊ A MINHA FRIGIDEIRA ASSINADA PELO GIL FIERI, IRMÃO DESCONHECIDO DO GUY FIERI?
É isso, Globlet.
Agora, seu melhor beicinho.
Agora um rugido de leão.
Agora espirre como um humano.
Agora piruetas.
PULA
GIRA!
BUMP!

GIRO TENSO DA FACA!
EM CÂMERA LENTA
COORRTAAA!
THUNK!
UH-OH!
uh-oh.
Bubble
Bubble
SACODE
SACODE
AAHHHHH!!
AAHHH!!
POP!
POP!
POP!
Hum.
CARAMBA, GLOB, VOCÊ SABIA QUE PODIA FAZER ISSO?
Ah, sim, é claaaaaro... QUE NÃO!

Cinco minutos depois...

Gêmeas!!

Ah! Vamos nos divertir **MUITO** Sempre quis uma irmã gêmea!

Vamos fazer coisas de gêmeas... *AGORA!*

!!!

ESTAMOS NOS DIVERTINDO!

Vivendo como *influencers!*

PEDALA
PEDALA

Perfeitamente balanceado!

Bom!

O dia foi irado, agora é hora da naninha.

Eu te convidaria a entrar, mas minha gaveta de dormir já tá cheia.

Zero vagas!

Mas tem uma pousada charmosinha aqui perto.

Tchau!

SLAM!

Só cabe uma Globlet, né?
Esfregando as mãos
Vamos dar um jeito nisso...
Hah!
PASGETTI 3000
Veja, mãe! MAIS Globlets.
CRANK!
ESPREME!
MÓI!
Bubble
Bubble
SACODE
SACODE
Pop!
E mais tarde...
a hora da feeeeeeestaaaaa!

Enquanto isso, na casa da árvore...
1º FRENEZI CULINÁRIO MASTER ANUAL
Trinta segundos, Jack, melhor começar a empatar...
Meu glaceado de cereja não tá pronto!
SEM DESCULPAS!
Tive que decorar o bloco com este saco pequeno de confeitar.
E ACABOU!!
Larguem TUDO!
Pppriiiiimmm!
Droga!
Aff!
Aaah!
Certo, Rover. O vencedor fica uma semana sem lavar louça.
Escolha direito.
Juro que se meus dedos amanteigados com creme de manteiga não foram suficientes pra vencer...
morde
morde!
É claro que você nunca provou a famosa calda de caneca e açúcar do Quint.
Não posso ver. Me digam quando acabar!

???

Vai, Rover. QUEM GANHOU?

Ei! A Globlet chegou!

Epa, alguém mais está vendo sete...

Odeio quando tem jurado surpresa...

Nem perguntem.

Flop!
Flop!

Dezenove minutos malucos depois...

POR QUE TEM TANTAS GLOBLETS?

Diga Aaaahhh.

Não mesmo! Tira isso da minha boca!

Mas, Jack. Só pacientes bonzinhos ganham pirulito.

Ah, oooiiii! Sou a June Del Tooooooro melhor repórter de Waaaaaaakefield, não preciso da ajuda de NINguém!

Caramba, sou eu?

Sou eu mesmo, né?

Sim, com certeza sou eu.

Um bonito dia pra todos... sou o Dirk Savage, o Cavaleiro Sozinhob Algum de vocês quer uma salada de nabos da minha humilde horta?

É Cavaleiro **SOLITÁRIO**, não **SOZINHO**.

É mesmo, Dirk?

É mesmo.

38

Há, pessoal? Tem alguém interessado em saber como tudo isso aconteceu?

Ei, cuidado, cara.

Difícil prestar atenção, Quint. Estou todo enrolado com todas essas Globlets!

Onde aprendeu a atuar assim?

Ah, aprendi numa pousada charmosa aqui perto...

Ei, June!

Aqui! Lembra da sua melhor amiga? Amigas pra sempre.

Há?

Já chega! Ninguém rouba a minha melhor amiga e fica por isso mesmo!

39

Sai de perto da minha melhor amiga!
POKE!
hop!
Se é a sua melhor amiga, é a minha melhor amiga. Eu SOU você.
NÃO! Eu e a June saímos em uma aventura irada, um cara legal escreveu sobre isso e *você* não estava lá, eu, sim, e foi MUITO legal, e você não sabe nada disso!
PUTZ!
Ah, *não*? Então me diga, como estão o Neon e o Johnny Steve?
Glup! Sua MONSTRA.
Tudo bem, se acalme, Globlet. Ou, espera...
Droga! É difícil diferenciar vocês!
June, velha amiga! Sou eu! Sua melhor amiga! COMO POSSO PROVAR?
Relaxa, Globlet. Acredito em você.
Ah, June. Tsk, tsk. Você cometeu um erro globumental.
Glacê

GLUP!!

Sabem do que mais o mundo precisa?

De MIM!

Bubble
SACODE
Glacê
SACODE
Bubble
APERTA!

Se divirtam com os meus EUs, bobões!!

PULA!

Estamos com um problemão de Globlets aqui.

O que vamos fazer?

Canhão da Glob!

A única coisa que a gente pode fazer agora!

É HORA DE REUNIR IDEIAS!

Uma hora depois...

Bem, meus amigos, as nossas ideias falharam!

O que vai acontecer se a Globlet Má criar ainda mais dessas coisas?

COISAS? Pois fique sabendo que as Globlets são uma espécie orgulhosa.

Globlet, você não é uma espécie. Todas essas Globlets são uma extensão sua.

Ah, é.

Alguém mais tá ouvindo um... burburinho?

Não abre, Quint. É uma armadilha!

Temos que saber com o que estamos lidando.

Uiiiiii!

...ahmeudeus, você não FEZ isso?

Eba!

Solução Globla!

Né? Ela poderia ter me dito que não gostava de mergulho surpresa.

...e então eu falei, você poderia ser mais inigualável?

Há, pessoal? Acho que a gente deveria sair para as ruas e analisar os danos...

42

Olha pra todas elas. Incrível. Majestoso.
Não, Jack! É Péssimo. As Globlets tomaram Wakefield!
Glob
Há! Olha só para esses humanos com seus rostos humanos estranhos!
Uau, será que a Globlet pensa mesmo isso da gente?
Há! Não acredito que sou amiga dessas crianças.
Só no subconsciente, June. Só no subconsciente!
Se não agirmos rápido, o mundo será dominado pelas Globlets! E depois talvez... UM UNIVERSO DE GLOBLETS!
Você já está imaginando um **verdadeiro** espaço lotado de Globlets, não está, Quint?
Você sabe que estou, June.

Memorial Globlet

Esfingloblet

Estátua da Globlerdade

Globlet!

Monte Globlemore

Torre Globleffel

Globlet

Desfile do Dia Glob

globiter

Globtuno

Globturno

Buraco negro Clob

Isso não pode acontecer. Deve ter um jeito de resolvermos isso.

Dá pra gente fazer como os adultos e ignorar o problema até que ele desapareça?

Há, não acho que isso vai desaparecer tão cedo...

Cowabunga Globs!

Irado!

Não! O único jeito de resolver é um Duelo-Glob.

Isso... não parece bom.

O que é...

NÃO, POR FAVOR! PELO AMOR DE GLOB, TUDO MENOS UM DUELO-GLOB!

Eu sei. É ruim. MUITO RUIM. Mas alguém tem que lutar por essas pequenas Globochechas. E esse alguém é...

Não, cara. Hoje não.

EU!

Independentemente...

Isso não existe.

Eu comecei tudo isso e, por Glob, vou terminar.

O Duelo-Glob vai começar ao amanhecer.

WAKEFIELD PISTA DE PATINAÇÃO

GLOB v.s GLOB

Meus caros Globlets!

Woo Hoo! yea boi!!!

Uma vez fui como vocês! Entendo suas alegrias, dores, sua vontade de pastrami no pão com picles e SEM MAIONESE. Pelo amor, sem maionese.

Mas vocês merecem seguir seus sonhos!

E viver, rir, amar. E pendurar placas de VIVER, RIR, AMAR em sua cozinha estilosa!

Sei que um milênio é uma vida curta, mas temos que aproveitar o que der!

Quem concorda?

Isso foi fofo, mas podemos ir em frente? Tenho um Jogo de Catan às oito e vou perder se me atrasar.

GLOBLET ORIGINAL VS **GLOBLET MÁ**

Vamos, Globlet.

FORÇA, VOCÊ CONSEGUE. É O SEU MOMENTO, E TALVEZ NUNCA HAJA OUTRO DESSES!

Segura!

UM, DOIS, TRÊS! DECLARO INICIADA A GUERRA DE POLEGARES!

Espera aí...
isso é o
Duelo-Glob?
ISSO?
Acha
que pode
ganhar,
figurona?
Certeza.
Eu sou uma
figurona. E
você é só uma
figura
Uaaaau!
Boa.
Três horas depois...
Quando isso vai
acabar? É pior do que
o final de semana de
maratona de Heróis
Fora de Órbita do Jack
e do Quint!
Ei! Heróis Fora de
Órbita é um filme de
qualidade com valor ilimitado
de review. Deveria ser
assistido todos os dias,
no mínimo!
Tá mais pra
nauseante.
GLUP!
NÃO!
CAI!

Arrá! ISSO! Você é FRACA! EU SOU A VERDADEIRA GLOBLET. Vou liderar nosso exército contra o mundo e serei a líder suprema!
E agora, o golpe final...
APERTA!
Não vai, não, sua imitação barata, aspirante, impostora, de araque, falsa, imitadora, fraude...
Acha que pode me vencer com sinônimos?
Acho!
Você se esqueceu de dois fatos cruciais. Um: comi dois sandubas do chefe hoje, então tô ENERGIZADA. E dois: só a verdadeira pode fazer isso...
ATAQUE SURPRESA IRADO!
CRUNCH!

AAAAHHHHHHHHHHH!!!
Stretch
GLUP!
Irado!
NHAC!
ATCHIIIIM!
CLANK!
Opa, foi mal.
Globlet! Globlet! Globlet! Globlet! Globlet!
Globlet, amiga, você conseguiu!
Vamos, crianças!
Libertem-se!
Brinquem a noite toda!
Peçam o sushi mais caro!
DANCEM COMO SE NINGUÉM ESTIVESSE VENDO! SEJA A GLOB QUE VOCÊ QUER VER NO MUNDO.
FIM!

— Engulam essa, bobões. E engulam essas delícias aqui também.

— Nhame!

— Certeza que é falsa.

— Nem um milímetro da história aconteceu! Pior que falsa!!

— QUESTIONEM A MINHA HISTÓRIA DE NOVO, HUMANOS, E EU ATIRO VOCÊS DE UM CANHÃO!

— Como faço todas as noites no meu sonho favorito!

Ah, já sei qual vai ser a minha história!

Já sei! Minha vez! Minha vez!

QUADRINHOS DO QUINT!

Não preciso contar para vocês em palavras, quando posso fazer algo VISUAL! Tá bem aqui...

Meu gibi original!

O CARA SUPERINVENTOR!

SMACK!

— Juntem-se aqui, leitores. Por leitores, falo de vocês cinco.

— Mas também...

— VOCÊ!

— Você quem?

— É meta, Jack. Você não entenderia.

— Aah! Alguém falou em achocolatado? Eu queria um!

— Sabe o que mais o Jack não entende? Que vai perder meu voto!

— O QUE MAIS O JACK DEVERIA ENTENDER? MEU MACHADO BEM NO CALCANHAR DELE!

— Se acomodem! Por favor, pessoal, apreciem... os MEUS DESENHOS!

— Se preparem para ação bizarra, drama intenso eeeeee...

— Se preparem para Ilustrações e diálogos rabiscados do Quint...

— E agora, sem mais delongas, eu apresento...

A PRETENSIOSA SITUAÇÃO DA MASSA

~~Escrito por Max Brallier~~ ~~ilustrado por Jay Cooper~~

Escrito e ilustrado por Quint Baker

DO CRIADOR DE PATRULHA DO HAMBURGUER CÓSMICO E NINJA VINGADOR ESPACIAL NO ESPAÇO!

ESTRELANDO AS ESTRELAS DO ATAQUE CRAVEJADO DE ESTRELAS DOS IOIÔS ASSASSINOS! NESTE VERÃO, CONHEÇAM...

DOC BAKER
O CARA SUPERINVENTOR!

COM O GAROTO ASSISTENTE!

Encontramos nossos heróis em casa, em seus alter ego não heroicos do dia a dia: **Quint Baker** e **Jack Sullivan**. Melhores amigos e dois dos últimos jovens da Terra. Apenas mais um dia na casa da árvore durante o fim do mundo...

Quint, este está sendo o **PIOR DIA!**

Aham...

E tô me sentindo **extra chorão** hoje.

Nada bom.

Primeiro, não consegui dormir até tarde porque o sol estava, bom, **UM MEGASSOL!**

E OS DONUTS ACABARAM, então tive que comer torrada! TORRADA! Que é só PÃO DURO!

Depois, o Rover arrancou o cabo de força antes de eu salvar o jogo! Tá sendo um dia bem ruim e...

Dia ruim! Você disse "dia ruim"? Bom, Jack, isso é algo que eu posso resolver.

Não, não, não precisa. Eu só queria mesmo...

RESOLVER! Eu sei, já ouvi.

Por sorte, acabei de completar a primeira cura científica para "um dia ruim"!

VEJA A PROPAGANDA!

— Dia duro na escola

— Pior dia da sua vida?

— SIM! Talvez o último!

— Não quero falar disso.

TESTEMUNHO 100% PAGO

— Nós temos a solução! Invenção da Quint Corp. O DIA-RUIM-ACABOU absorve as emoções ruins que você não quer. O DIA-RUIM-ACABOU sente essas emoções POR VOCÊ.*

NÃO DECAPITAVA UM MONSTRO RUIM HÁ SEMANAS. TINHA AGRESSIVIDADE ACUMULADA E NÃO SABIA COMO ME LIVRAR DELA.

MAS AGORA, GRAÇAS AO DIA-RUIM-ACABOU...

ESSAS EMOÇÕES SUMIRAM! OBRIGADA, DIA-RUIM-ACABOU.

AAAH...

SHOVEL

Valeu mesmo.

DIA-RUIM-ACABOU! A MASSA QUE FAZ SEU DIA FICAR MASSA!

*****ATENÇÃO:** Pode causar enjoo, sonolência, perda de apetite, aumento de apetite. Em casos raros, pode ocorrer a explosão da cabeça.

Experimenta!
Ei. Ai! O que você...
SMEKT!
Shh. Shh.
Vai se sentir melhor num segundo, meu amigo.
Uau...
O negócio funciona! Quint, você é o cara mais LEGAL e CORAJOSO, quero te dar de presente a minha coleção inteira de bonequinhos do McLanche Feliz.
Mais um cliente satisfeito.
Agora, preste atenção: a massa deve ser usada com moderação. Senão, as consequências podem ser...
Aah, hihi! Faz cócegas nos dedos.
JACK!
Caiu nos meus olhos. Isso é ruim?
É demais. Vai causar evolução molecul...
MORFANDO

MORFANDO!
Ooh! Parece um menino de bala de goma!
Por favor, não coma isso, Jack.
Toca aqui, amigo massa!
Fascinante. Menos agressivo do que eu esperava.
Uau! Ele sabe o que é o "toca aqui" na moral!
Parece que a criatura de massa herdou o seu péssimo senso de humor.
Que cara legal.
ERROU!

Ele gosta de brincar de luta livre!

MERMM.

RARRM!

Ai! É pra bater de mentira!

Isso não é amigável!

Devagar, amigo!

Cuidado! Meu laboratório!

VIOLÊNCIA!

QUEBRANDO COISAS!

Está agindo com a frustração que eu estava sentindo!

É claro! Está liberando a frustração quebrando as coisas!

Mas tem um jeito de parar isso...

*** NOTA DO QUINT:** Tecnicamente, a patente ainda está pendente. Mas apenas porque o escritório de patentes está dominado por zumbis inventivos!

OLÁ, QUINT. SOU A SUA INVENÇÃO. NÃO TENHO BOCA, MAS PRECISO DESTRUIR!

Ei, acho que o Dirk chegou.

Não, Jack. É o meu laboratório... ele foi infectado pela massa. E ESTÁ VIVO!

Só pra constar, Quint, isso não tá melhorando o meu dia ruim...
Se você tivesse seguido as minhas instruções, Jack!
BOLAS EXPLOSIVAS
ORVALHO DA MONTANHA
O Rela-Xa-Dor quer nos comer!
O que vamos fazer, Quint?
Não entre em pânico, Jack!
Afinal, essas são as MINHAS invenções. Quão ruim pode ficar?
F

Suas engenhocas e invenções estão, tipo, viralizando!
E NÃO DO JEITO ENGRAÇADO DE UM MEME!
Elas criaram consciência. E estão se ligando à casa da árvore. Virando um só.
A casa da árvore está girando!
Isso não é bom!
Não se preocupa!
Eu sei do que a gente precisa...
UMA PROPAGANDA!
Aaaaaggh!

A RAMPA MÓVEL DE PONGUE E DE PINGUE-PONGUE

Piscina de bolinhas reserva.

Guarda-doces.

Rede de pegar e soltar

Macacos hidráulicos e suspensão irada pra jogar na estrada!

Meu nome é Quint Baker e eu aprovo esta mensagem!

Selo de aprovação do Quint!

QUEDA LIVRE

Ativar Rampa Móvel de Pongue e Pingue-pongue!

QUEDA!

QUICA!

POUSO!

Se gostou da rede, espere até ver...

A piscina de bolinhas! Amei!

O que é isso?
A casa da árvore está se transformando e virando...
Uma nave espacial?
Quê? Não, Jack.
É um monstro.
VOU DESTRUIR O MEU CRIADOR!
Xiiii
HORA DO INTERVALO!

SUAS VIDAS ESTÃO POR UM FIO...

O ATAQUE DOS IOIÔS ASSASSINOS
SEGUNDA PARTE

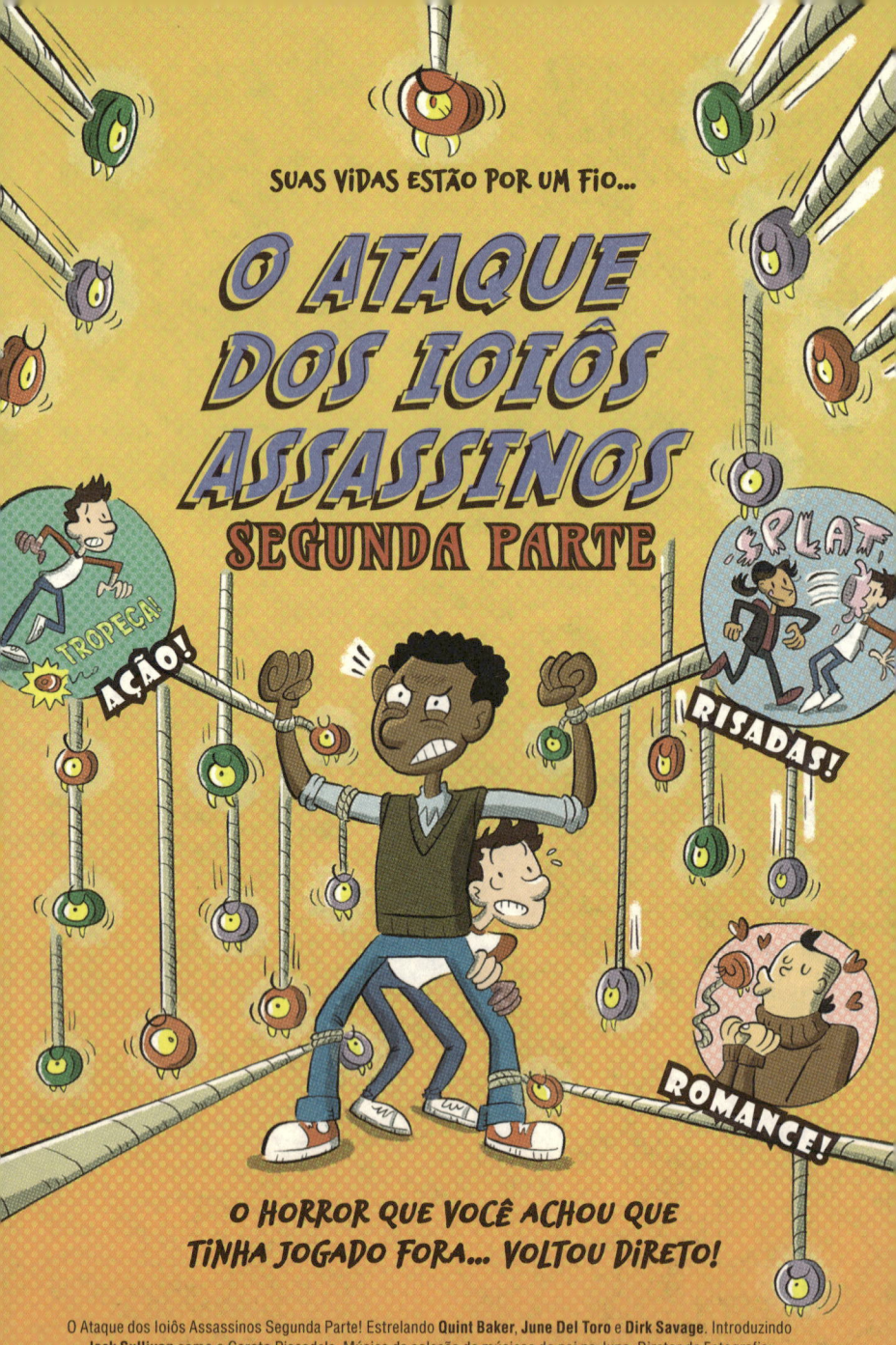

TROPEÇA!

AÇÃO!

SPLAT!

RISADAS!

ROMANCE!

O HORROR QUE VOCÊ ACHOU QUE TINHA JOGADO FORA... VOLTOU DIRETO!

O Ataque dos Ioiôs Assassinos Segunda Parte! Estrelando **Quint Baker**, **June Del Toro** e **Dirk Savage**. Introduzindo **Jack Sullivan** como o Garoto Piscadela. Música da coleção de músicas do pai na June. Diretor de Fotografia: qualquer um que estivesse livre para segurar a câmera. Comidas por Dirk Savage. Editado por June Del Toro. Mais edições por June Del Toro. E mais outras edições por June Del Toro. Escrito por Quint Baker e Jack Sullivan. História de Quint Baker (com uma ajudinha de Jack Sullivan). Baseado em um rabisco em um guardanapo feito por Quint Baker e Jack Sullivan. Inspirado em um ioiô que Quint ganhou de sua avó. Produzido por Quint Baker e Jack Sullivan. Dirigido por Quint Baker e Jack Sullivan. Mas principalmente por Quint.

EM BREVE, EM UMA SALA DE ESTAR PERTO DE VOCÊ!

Chances impossíveis? Ninguém para ajudar?
Sabe o que vamos fazer, Jack?
Claro que sei...
DASH!
Jack...
Não, Jack. Heróis não correm!
E o Flash? Porque ele só faz isso.
É hora do UPGRADE SUPER-HEROICO!
Eu sou... DOC BAKER. SUPERCIENTISTA E INVENTOR EXTRAORDINÁRIO!
CÉREBRO CHEIO DE BRILHO E MOCHILA CHEIA DE INVENÇÕES!
HAN ATIROU PRIMEIRO
E o Jack é... GAROTO ASSISTENTE!
DOTADO COM OS PODERES DE UM BOM ASSISTENTE!
CHUTA! CHUTA!

Inacreditável. Todas as minhas invenções estão se virando contra seu criador: EU. É como se eu estivesse enfrentando o meu pior pesadelo!

Espera aí, achei que o seu pior pesadelo fosse...

Sentar pra jogar videogame e apenas para descobrir que precisa instalar um update de 549GB em 19 horas. Ou...

Sem querer, fazer um sanduíche de pasta de amendoim e água-viva! Ou...

Colocar as meias DEPOIS de por o tênis. De novo.

Pode ter certeza, Garoto Assistente, que uma casa da árvore consciente e cheia de invenções vivas se virando contra mim é mesmo o meu maior pesadelo!

Apesar de sanduíche de água-viva me assombrar até o último fio de cabelo.

NÃO ESCOLHI ESTA VIDA! VOCÊ ME CRIOU, ENTÃO AGORA DEVE SER DESTRUÍDO!

SHAK!

Ah, não! Está absorvendo a Big Mama! E transformou a Big Mama numa mão de ataque!

DESTRUIR! DESTRUIR!

Mas que upgrade irado!

PRIMEIRO... VOU DESTUIR VOCÊ, QUINT BAKER, MEU CRIADOR! E DEPOIS...

AH, DEPOIS DESTRUIREI WAKEFIELD E, EM SEGUIDA... O MUNDO!

Caramba!

Não tema, Garoto Assistente. Já enfrentamos coisas piores antes...

COISAS PIORES QUE JÁ ENFRENTAMOS ANTES!

A vez em que o Jack fez besteira e liberou o Vírus Pipoca de Vênus!

Tão amanteigado.

Ou a vez em que o Jack deixou a torneira aberta e soltou os terríveis Trolls do Banho de Hades do Sul.

Fique parado! Tô tentando limpar atrás da orelha!

Ou a vez em que o Jack achou que a minha lixeira atômica fosse o micro-ondas e criou a Mozzarella Derretida: A Pizza Atômica! E cheia de recheios!

Aah! Tem queijo brilhante na borda!

Bom, então é melhor a gente salvar o dia!

Acho que sim, meu amigo! Rápido, vamos pro carro do Gênio Amável e pro Pula-pula do Garoto Assistente!

Darei a volta e você ataca!
Podemos trocar de veículos?
Chute!
Chute!
Chute!
CHUTE!
CHUTE!
CHUTE!
RAAHH!!
Uau! A mão da Big Mama!
SCOOCH!
Venha, Garoto Assistente!
É como lutar com **todas** as suas invenções de uma vez!
PEGA
Tem razão, Moleque Assistente.
GAROTO Assistente.
... Que já é ruim demais!
VIRA!

Sua mente criou essas invenções. Só você pode pará-las! É hora da ideia genial, Doc!
Então, como vamos derrotar a perfeição?
AAAHH!
BATE
Nunca falei em perfeição. É meio que culpa sua...
Tem razão, Garoto Assistente.
Vamos, cérebro genial, me dê uma ideia...
MINHA FRUSTRAÇÃO ESTÁ ME CONSUMINDO. VOU DESCONTAR EM VOCÊ!
Este dia ruim foi de ruim a péssimo, e então de péssimo a ULTRATERRÍVEL.
OPA!
O seu dia ruim, Jack! É A IDEIA GENIAL!
Ei, casa da árvore, você precisa de um tempo!
Conheça o CANHÃO DA LUZ DA IDEIA!
FOOSH!
APERTA!
ZZZAP!
ZAP!
MAS NÃO QUERO UM TEEEEMPO!

Me desculpa, Jack. É minha culpa. Começou hoje de manhã...
Não deixei você compartilhar os seus sentimentos. Em vez disso, tentei resolver com a ciência. Deveria ter apenas sentado e escutado.
Então a massa pegou a sua frustração reprimida do dia ruim e a soltou. E, em vez de ouvir, começamos a lutar. Então, cara massa casa da árvore gigante e amiga, como está se sentindo?
BOM, AGORA QUE PERGUNTOU...
Espera, então vamos apenas sentar e falar dos nossos sentimentos?
Você, sim. Enquanto isso, eu desmonto o monstro.
Um pouco depois...
Às vezes, é bom apenas falar sobre o que estamos sentindo.
QUER SABER? É BOM MESMO. MUITO BOM.
Chuta, chuta, chuta.

Também já me senti assim frustrado!
Pode crer! Eu também! Belos "toca aqui", cara.
VALEU, PESSOAL!
É UM JEITO BEM MELHOR DE GASTAR A MINHA ENERGIA!
É a versão real do Dia-Ruim-Acabou!
Mais tarde...
UAU, ISSO FEZ MESMO DIFERENÇA!
OBRIGADO POR ME OUVIREM!
Quê? Ah, sim. É claro!
HAWKEYE
EU ESTAVA APENAS AGINDO COM AS EMOÇÕES QUE RECEBI.
NÃO QUERIA MACHUCAR NINGUÉM

— Talvez não haja uma cura científica para um dia ruim.

— Há, de onde está vindo esse **vento heroico**?

Às vezes, quando estamos cheios de emoções, só precisamos falar sobre elas. E precisamos que alguém ouça. A ciência não substitui a gente compartilhar nossas emoções com as pessoas de que gostamos:

— Nossos amigos.

— Chegamos! O que é essa coisa laranja? E esses uniformes?

— Belo cosplay! Posso falar? Tivemos um dia **TERRÍVEL**

— ME CONTEM TODOS OS SEUS PROBLEMAS!

— Ah, não! De novo, não!

Continua... (eventualmente...)

NA PRÓXIMA EXCITANTE AVENTURA DO:
DOC BAKER:

— Lutando contra a Geringonça Duende do Além! E meu ajudante barulhento, o Garoto Assistente, vem junto.

— Eu gosto mesmo de chutar, chutar e chutar.

FIM

Aah, muito bom, Quint! Ação, humor, teve de tudo. Você deveria ganhar um prêmio ou algo assim. Com certeza terá boas notas.
E seus desenhos estão irados, cara! Quase tão bons quanto, sei lá, um desenhista profissional!
Espera aí! Garoto Assistente? Eu virei o GAROTO ASSISTENTE?
Acho que tenho um crush por esse Doc Baker superesperto. Que vergonha.
O Doc Baker é o Quint.
Ah, eu sei...

Esse gibi me fez parecer um bobo. E eu nunca pareço bobo!
SLAM!
Não gostei desse efeito aqui!
ESTAPEADO BOBAMENTE!
UMA MÃO MONSTRUOSA INVADIU A FORTALEZA ARBÓREA.
Se abaixem!
VOCÊ JÁ ERA!

CRACK!

— Rápido, Garoto Assistente! Segure a porta!

— Quint, se o apelido pegar... vou escrever um gibi só de vingança. E você vai ficar com o violino número dois.

— Você não ousaria copiar a minha outra série. Quint, o Violinista, e o Garoto Trompete!

— ESPEREM AÍ! ESQUEÇAM OS TENTÁCULOS INVASORES. EU MAL APARECI NA SUA HISTÓRIA, QUINT!

— EU DEVERIA TER RASGADO ESSE GIBI EM DOIS QUANDO TIVE A CHANCE.

— QUANTA BOBAGEM!

— NÃO! POR FAVOR!

— Deveria mesmo! Ótima ideia!

Não, Skaelka! Todos têm direito a uma história. Você vai ter a sua chance!
Mas, primeiro, hora da minha...
É a história de quando encontrei uns Rifters.
Malditos piratas interdimensionais... adoro odiá-los.
Pois é, esses caras são os **piores**.
Era uma vez, na casa da Warg...

DIRK SAVAGE EM...
O BOM, O MAU E O SELVAGEM

Escrita por
Max Brallier

Ilustrações por
Christopher Mitten

Colorida por
Brennan Wagner

"Olá, abóbora. Como está nesta bela manhã?"

Devagar, Herman.
Se olhar torto pra essas abóboras...
BUM! Elas explodem.
Hã?
Uoa!
Tem algo errado.
Não... tô indo, Warg!
AAAHH...

O que aconteceu?
E como seus globos oculares voltaram correndo pra casa?
UMA CRIATURA...
EM UMA CAPA...
ROUBOU UM GLOBO OCULAR...
Espera. Desculpa, mas você não tem... **muitos olhos**?
Tipo, infinitos?
NÃO INFINITOS. NEM PERTO DISSO.
NASCI COM UM CERTO NÚMERO DE GLOBOS OCULARES. QUANDO ACABAREM, MINHA VIDA ESTARÁ COMPLETA. VOU PERECER. ENTÃO, CADA UM É VALIOSO...
Mas, Warg, você me deu um deles quando quase fui zumbificado
Salvou a minha vida... mas foi destruído. Eu o devolvi, mas já era uma coisinha mole e morta.
SIM. CEDI UM PARA AJUDAR VOCÊ, POIS ERA O CERTO A FAZER.

Não voltarei sem trazer o seu olho, Warg.

Prometo.

O ladrãozinho acha que escapou, né? Bom, o velho Dirk vai complicar as coisas pra ele...

Iiháá, Herman!

Depois...
Marcas de cauda. Estamos no caminho certo, Herman.
Nesse ritmo, acho que vamos pegá-los ao amanhecer.
KA-KLINK-KLINK!
LAÇO SURPRESA!
AAAHH!
PRENDE!
PUXA!

Ei, você é apenas um garoto!
Desculpa! Não queria roubar, não costumo ser um ladrão. Mas a nossa anciã, a Wyther, foi ferida pelos Rifters.
Rifters?
Isso. O Meeks tem atacado a nossa casa todas as noites, tentando expulsar a gente.
Wyther não vai sobreviver.
Esse globo ocular é a última esperança dela, que só precisa acariciar ele, então você pode levar ele de volta...
Deixa eu pensar...
Dezessete minutos depois...
Ainda pensando, ou...
Ainda pensando.
Mais dezessete minutos...
Tá bom. Vou ajudar, pequenino. Mas precisamos ser bem rápidos. Vamos.

— Então, por que os Rifters têm atacado vocês?

— Porque temos a única máquina de sorvete açucarado funcionando por aqui. Querem roubar a gente, e isso é errado.

— O Meeks é o líder. Ele ama aquele néctar doce e açucarado. Todos do bando dele amam açúcar. Mas a máquina é nossa. A gente a achou e consertou direitinho!

— Wyther tem um plano pra máquina. Nosso bando todo pretende ir pro oeste, parando em postos avançados e lugares assim, levando uma vida honesta e vendendo as delícias geladas.

— Huuum!

— O que foi?

— Não gosta de raspadinhas?

— Não é isso.

— Não gosto de me perder. E a gente está perdido agora.

Zzzz...

Tenho a sensação de que essa cabana pode ser a resposta pra nossas preces...

— Oi, como vai? A gente estava indo para o Dairy Barn em Stahlstown, mas nos perdemos um pouco.

— Pois é, estamos mesmo perdidos!

— OLÁ! BEM-VINDOS! SAUDAÇÕES! BOM VER VOCÊS!

— Hã, eu meio que esperava que você nos mandasse embora.

— ESTÁ BRINCANDO? SABE O QUANTO É CHATO AQUI SEM NINGUÉM? JOGO TWISTER SOZINHA, TEM IDEIA DO QUANTO ISSO É TRISTE?

— ENTREM, POR FAVOR!

Um pouco depois...
Estamos tentando achar o caminho para casa desse pequenino aqui.
É no Dairy Barn, perto da estrada principal.
Não sei se ajuda, mas tem Rifters por perto.
POSSO MOSTRAR O CAMINHO, SIM... MAS NÃO DE GRAÇA...
Tive receio disso.
Papinho de conjuradora e várias explicações enigmáticas. Não temos tempo pra isso.
CERTO, QUER IR DIRETO AO PONTO? OFEREÇO UM DESAFIO. SE ME VENCER, CONTO AGORA COMO CHEGAR AONDE QUEREM. MAS SE PERDEREM...
TERÁ QUE USAR ESTA CAMISETA PELO RESTO DOS SEUS DIAS.
E NÃO RECEBERÁ AS INFORMAÇÕES.
PEDI INFORMAÇÕES PARA YURSL, A DESCONHECIDA, E TUDO QUE GANHEI FOI ESSA PORCARIA DE CAMISETA
Tudo bem. Qual é o desafio?

SEM DAR ARCO, DE OLHOS FECHADOS.

Pera... 21? Sério?

Achei que a gente ia beber um ensopado maluco de um caldeirão ou algo assim.

É 21!!!

ISSO NÃO SAIU COMO EU ESPERAVA.

Papo de perdedora. Agora, desembucha... mostre como a gente chega à casa do moleque.

— SIGA O CAMINHO QUE É MOSTRADO NA CAIXA DOS IDIOTAS. NA BIFURCAÇÃO, PEGUE A ESQUERDA.

— Muito obrigado.

— Sim, obrigado... agora vamos, temos que ir! Temos que chegar antes do anoitecer... os Rifters sempre atacam à noite!

— Chegamos. Lar, doce lar. Os Rifters não atacam antes do anoitecer.

— Então vamos acelerar. Tá quase anoitecendo.

— TROUXE O OLHO, EEWEE? QUANTO ANTES EU FICAR BOA, MAIS RÁPIDO ACABAMOS COM ISSO...

— Sim, é grandiosa. Consegui.

— E QUEM É ESSE?

Este é o sr. Savage. Ele me ajudou a...
Precisamos devolver o globo ocular rapidinho. Então podemos começar logo com isso?
PRECISO SEGURAR O OLHO DURANTE A NOITE. ELE IRRADIA ENERGIA SUFICIENTE PARA CURAR. ENTÃO POSSO ACABAR COM ESSA TORMENTA.
Então vou ficar lá fora. Aguardando o que vier...
Mais tarde...
Escureceu já faz um tempo. Talvez eles não venham hoje.
Duvido. Esse é o problema com os vilões. Se dizem que vão fazer algo, em geral fazem mesmo.

— OLHA SÓ PRA ESSE AÍ, DE PRONTIDÃO. ESTÁ DE GUARDA, FRACOTE?

— E PARECE QUE O PEQUENINO BUSCOU AJUDA, HEIN?

— QUE TAL NOS CONHECERMOS MELHOR?

— Não exatamente, mas foi o que conseguiu.

— Que tal você ir embora e deixar esse pessoal em paz?

— NÃO. TENHO O MEU PRÓPRIO PESSOAL PRA ME AJUDAR.

THUNK!

— Pra trás, pequenino!

— Não mesmo!

WHACK! PLING!

— Giro longo!

— Nada de açúcar pra você!

— Resmungue o quanto quiser, não vamos partir sem o globo ocular.

— Hã? Achei que você queria...

— A máquina de sorvete? Há! Não. Olha só, ferimos a anciã sabendo que ela ia procurar o olho.

— Queremos o globo ocular, sempre quisemos. Eles têm poder.

— Do que ele tá falando?

— Não tenho ideia, sr. Savage. Juro.

BUM-BUM-KRAAACK!

— Mas o quê...

— Caramba!

CRACK! CRUNCH!

— Ela mudou rápido de senhorinha monstro morrendo pra monstro superassustador!

— Isso acaba hoje, Rifters tolos!

— AAAHH!

FLING!

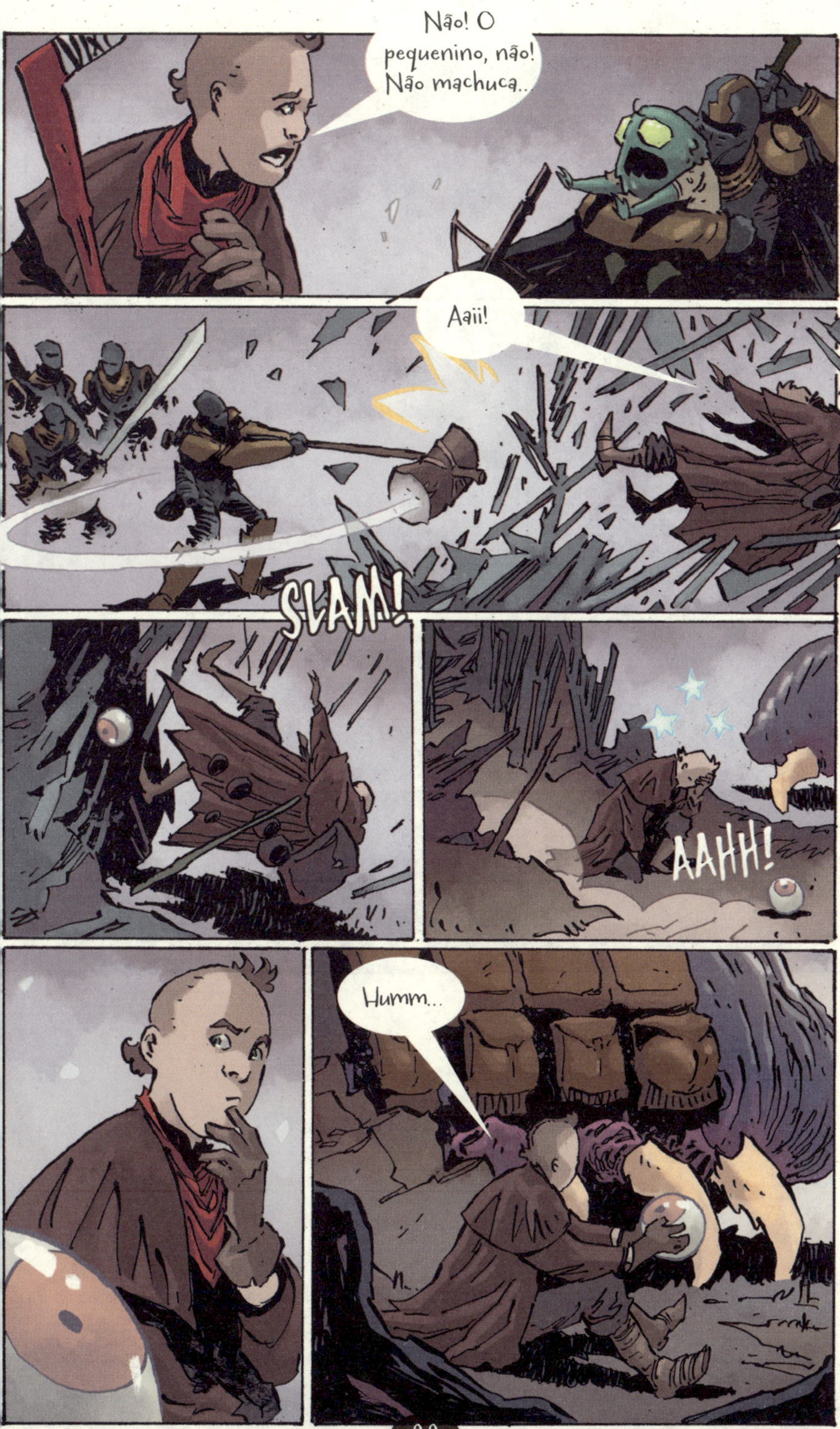
Não! O pequenino, não! Não machuca...
Aaii!
SLAM!
AAHH!
Humm...

PARA TRÁS OU EU VOU...
É isso que você quer? O olho? Aqui está. Pegue!
O QUE VOCÊ ESTÁ PLANEJANDO?
Deixa eles em paz. Pra sempre. É isso. Pegue o olho e parta. Pra longe daqui, e não olhe para trás... senão...
COMBINADO!
Pega!

— BOM FAZER NEGÓCIOS COM VOCÊ.

— VAMOS NESSA!

Mais tarde...

— Mas e se eles voltarem?

— Não vão! Prometo.

— ESTAMOS MUITO GRATOS, SR. SAVAGE. ESPERO PODER RETRIBUIR UM DIA.

— Te vejo por aí, pequenino.

— Lembre-se: cuidado pra onde aponta aquela coisa.

— Adeus, sr. Savage. Adeus!

Muito depois...

Warg. Me desculpa. Me desculpa mesmo...

...por ter demorado tanto. Mas...

Aqui o seu olho. Trouxe de volta. Como prometi.

VOCÊ NÃO ME DEVE NADA, SAVAGE, MAS OBRIGADA.

E AQUELE QUE ROUBOU O OLHO, O VILÃO? O QUE ACONTECEU?

O que roubou não era um vilão. E o verdadeiro vilão... bom, vamos dizer que... teve o que mereceu...

COM ESSA ESFERA, VAMOS SER FORTES O BASTANTE PARA PROCURAR RASPADINHA NO MUNDO TODO! VAMOS SAQUEAR E NOS DELICIAR!
NOSSA SEDE DE SORVETE SERÁ SACIADA PRA SEMPRE!
O QUÊ? MAS... É SÓ UMA...
ABÓBORA! É UMA ABÓBORA!
VOU TE ENCONTRAR, DIRK SAVAGE!
CA-BUUUM!
ESTILHAÇO DE SEMENTES!
FIM

Espera aí... você saiu com a Warg ...
...sem MIM?
Espera. Você encontrou uma bruxa de verdade? Espero encontrá-la um dia...
Espera, as abóboras da Warg explodem??? Por isso a minha barriga está estranha...
CHEGA! ESTOU ENTEDIADA COM ESSAS HISTÓRIAS!
BLAM!
NENHUMA DELAS PROVA QUE VOCÊS SÃO DIGNOS!
Prova que eu sou incrível. Acho que provei isso. Provei, sim
Relaxa, Skaelka. Acho que sei bem qual história você vai contar. E não é só sua, é NOSSA...
SIM! CONTE, JOVEM JUNE! PROVE A NOSSA SUPERIORIDADE SOBRE ESSES FALADORES E SUAS HISTÓRIAS EXCÊNTRICAS E SEM MACHADOS NO CENTRO!

— Pode contar! Já sabemos que eu vou ganhar...

— Pois é, bom pra cochilar.

— Comece quando for conveniente, June!

— Eu estou na história? Seria muito mais incrível se eu estivesse...

— CONTE BEM A NOSSA HISTÓRIA, JUNE! SEM FLOREIOS! MAS CONTE MEUS HEROÍSMOS! E DO ROVER! E DA CLAUDIA!

— NÃO SE ESQUEÇA DA CLAUDIA!

— Claro! Vou contar a história toda, Skaelka...

— E FOQUE NAS CHANCES PEQUENINAS! UMA VERDADEIRA ESCARAMUÇA. E ÓTIMA LUTA!

— Ah, uma grande contenda, com certeza...

JUNE & SKAELKA EM
AO VENCEDOR, AS PIPOCAS

Obrigada pelos troféus, Escola Parker.

Perfeito pra Lançar & Atirar!

LANÇAR & ATIRAR... E DESTRUIR!

Vai lá, Skaelka, vai com tudo!

Ilustrada por **Lorena Alvarez Gómez**

Escrita por **Max Brallier**

Você é uma tola, June!

Não vai conseguir de tão longe!

É mesmo? Olha só!

LANÇA!

Oops! Longe demais.

SWISH!

Foi mal!

LONGE DEMAIS. TENTE DE NOVO, JUNE.

ARF?

GRRRR

RÁPIDO, QUATRO PATAS. VAMOS DETONAR A COISA NO ALTO!

LANÇA!

VOE, CLAUDIA! VOE RÁPIDO E ACERTE O ALVO!

ERROU!

FALHOU!

MAÇAS

AH, DROGA!

FLARFGH!

CA-CRASH!

— Tudo bem, Rover?

— ESTÃO VENDO ELA? CADÊ A MINHA CLAUDIA?

— Oh... uau!
— Sniff!
— Esse cheiro.

— QUE... QUE LUGAR É ESSE, JUNE?

— ISSO ME PARECE A MAIOR CELEBRAÇÃO PARA O NASCIMENTO DE UM BEBÊ HUMANO QUE JÁ VI.

— Quê? Não, Skaelka. É um parque de diversões.
— Ele funcionava sempre no começo do verão em Wakefield. Meus pais sempre me traziam.
— Tudo aqui deve ter parado. Bem quando, bom, todo o resto começou.

— O QUE É ESSE CHEIRO FORTE?
CHEIRA

— Pipoca doce e salgada.
— E não é um cheiro forte.

— É o pior cheiro de todos.

108

VAMOS. PRECISO ACHAR O MEU MACHADO.
Espera aí. Espera aí.
Vamos vazar. Não gosto daqui. Não quero ficar aqui.
É só um machado, né?
ERRADO!
A CLAUDIA NÃO É SÓ UM MACHADO. VIVEMOS MUITAS AVENTURAS E DETONAMOS MUITO JUNTAS.
SABE MEU LEMA: NUNCA DEIXO MACHADOS PARA TRÁS.
Esse é o seu lema?
AGORA É.
É só que... não tenho boas lembranças daqui.
ENTÃO ESPERE AQUI, COMO UMA COVARDE COM MEDO DE COISAS
INANIMADAS. VOU ACHAR A CLAUDIA.
Tá bom, sua brutamontes teimosa. Mas assim que a gente achar, vamos embora!
RUFFMPH.
SIM, SIM. AGORA ME MOSTRE ESSE PARQUE DE DIVERSÕES!

DIVERSÃO NO PARQUE DE DIVERSÕES!

ENERGIA

OUTRO COLAR PRA JUNE!

OUTRO COLAR PRA JUNE!

CASA MAL-ASSOMBRADA

TESTE DO Amor

SKAELKA NÃO É PEIXE MORTO

MAIS RÁPIDO, CORCEL COLORIDO!

MAIS RÁPIDO!

OLHA SÓ! VAMOS NAQUELE CÍRCULO GRANDE E GIRATÓRIO!

NÃO! Não vou no Giro--Gravitacional NUNCA MAIS!

Ei... ECA! Um palhaço zumbi.
MAS QUE BRINQUEDO BIZARRO HUMANO É ESTE?
É DIVERTIDO FICAR SENTADA EM CIMA DE UMA CAIXA DE LÍQUIDO?
Não, não, a graça é pra gente. Não pra quem senta.
GLURGH.
Veja...
LANÇA!
TING!
AH, O VELHO E BOM JOGUE-O-TRAIDOR-NA-CUBA-DE-ÁCIDO!
MER?
KA-SPLASH!
TEMOS ESSE JOGO NA NOSSA DIMENSÃO. MAS MAIS DIVERTIDO. OS GRITOS DOS TRAIDORES SÃO BEM ENGRAÇADOS.

— Espera aí! Tem algo **estranho** com esse cara!

— HUMANA JUNE... O QUE FOI?

— Algo que... não consigo...

GRB-GRB-GRB...

BLEGKT! BLEG!

BLEGKT!

— Opa. Olha só pra isso!

Viu aquela coisa na boca dele? Parece uma LESMA monstro!

NOJENTO!

GRRRRR! GRRRR!

GRRRR!

CRASH!

GNNNNNGHH...

AGORA SIM COMEÇA A DIVERSÃO DO PARQUE!

Não. A diversão acabou, é hora de CORRER!

GAH!

Estão por todo lado!
POIS É. SE EU ESTIVESSE COM A CLAUDIA, SERIA UM DIA MEMORÁVEL!
Oops.
Skaelka, acho que tropecei na...
TROPEÇA!
CLAUDIA!!
RANGE!
REUNIDAS!
HAUNTED MINE
Ei, não! Pare esse carrinho!
CLAUDIA E SKAELKA TAMBÉM ESTÃO DENTRO!
ANDA!
NA PLACA: MINA MAL-ASSOMBRADA

SAI PRA LÁ. O ASSENTO É MUITO PEQUENO PROS MEUS MÚSCULOS.
Ei! Os seus espinhos me espetaram!
RUFF?
AH, HÁ. AQUELES SÃO FALSOS.
MAS ESSES AQUI SÃO REAIS. MUITO MAIS SATISFATÓRIO!
Não, Skaelka! Não destruímos zumbis!
Esses zumbis já tiveram famílias. Temos que tomar cuidado.
QUE FOI, CLAUDIA? A JUNE É ESTRAGA-PRAZERES? SIM, CONCORDO!
Sei que o machado não fala, Skaelka.
Mas tem algo errado. Os zumbis estão **diferentes**!
Temos que descobrir **por quê**.
Precisamos olhar as lesmas mais de perto. Elas fazem os zumbis ficarem **mais perigosos**.

GRRRRRGURRRR!

QUER ZUMBIS DE LÍNGUA AMARELA?

A CLAUDIA VAI CONSEGUIR UM PRA VOCÊ!

CLANG!

GRRRGURR

CALMA, CLAUDIA!

THUMP!

A lesma parece... estar **controlando** o zumbi... como um pequeno piloto!

Pega, Skaelka.
ACHEI QUE VOCÊ NUNCA PEDIRIA!
Ops! Temos companhia!
Uau! Essas coisinhas são bem acrobáticas!
Isso não é nada saudável!
ECA!
SKKSSSHHH!
SALTO-GOSMENTO
AS LESMAS PODEM... TROCAR DE HOSPEDEIROS!
Ah, sem chance...
MMMPPGHHPH!
Diga pra Claudia que vamos dar o fora daqui.

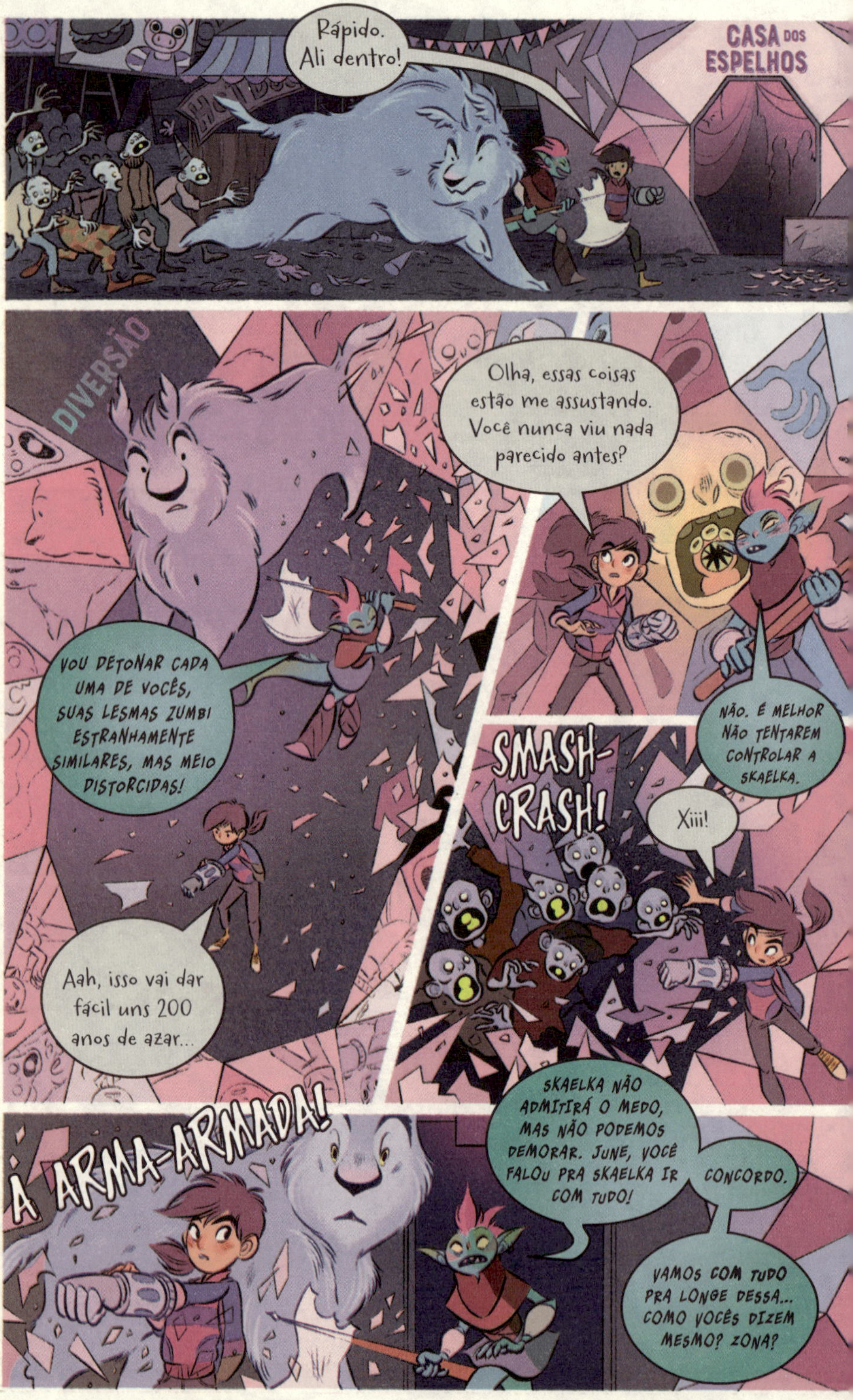
Rápido. Ali dentro!
CASA DOS ESPELHOS
DIVERSÃO
Olha, essas coisas estão me assustando. Você nunca viu nada parecido antes?
VOU DETONAR CADA UMA DE VOCÊS, SUAS LESMAS ZUMBI ESTRANHAMENTE SIMILARES, MAS MEIO DISTORCIDAS!
NÃO. É MELHOR NÃO TENTAREM CONTROLAR A SKAELKA.
SMASH-CRASH!
Xiii!
Aah, isso vai dar fácil uns 200 anos de azar...
A ARMA-ARMADA!
SKAELKA NÃO ADMITIRÁ O MEDO, MAS NÃO PODEMOS DEMORAR. JUNE, VOCÊ FALOU PRA SKAELKA IR COM TUDO!
CONCORDO.
VAMOS COM TUDO PRA LONGE DESSA... COMO VOCÊS DIZEM MESMO? ZONA?

— Ei, espera um minuto, pare! O que está fazendo?

— ESTAMOS INDO COM TUDO E INDO EMBORA!

— Você não me ouviu? A Claudia ouviu!

— A gente não pode ir agora.

— Se não os determos, quem vai? Esses zumbis são **diferentes**... rápidos e mais assustadores! Imagina se forem até a praça...

— HUMMM...

— Ei! O que eu fiz? Por que estou nesse estranho devaneio fantasioso?

— SIM, VOCÊ TEM RAZÃO. SERIA RUIM, MAS BEM DIVERTIDO DE ASSISTIR!

— Vamos lá detonar esses caras.

Espera aí, ouviu isso? Parece que estão conversando.
Consegue traduzir, Skaelka?
NÃO CONSIGO OUVIR DIREITO. SE ESTIVÉSSEMOS MAIS PERTO...
OS MELHORES PRÊMIOS
Tive uma ideia...
GUIII...
GUIII, GUIII.
GOOO-GUIIII.
Bom, e qual é?
ISSO É HUMILHANTE, É ISSO.
Tipo, o que eles estão falando?
É UMA LÍNGUA ANTIGA. FALAM DE SANGUE E GUERRA E...
... E COMER TODOS OS HUMANOS DESTA DIMENSÃO.
Algo mais?
SIM. SENTIRAM O SEU CHEIRO!
Droga.

GUIIII! UIIII! GOOO! GUIII!

PIPOCA DOCE & SALGADA

CA-CRACH! CRUNCH!

AAAARRRGGHH! GRRRRR!

Rover ao resgate! Vamos para a loja de pipoca doce e salgada do Joe. Tenho outra ideia...

POUCO DEPOIS...

POR QUE A GENTE ESTÁ COMENDO EM VEZ DE LUTAR? COMER É SÓ DEPOIS DE COMPLETAR A BATALHA...

Não estamos comendo. Estamos nos preparando pra luta.

A pipoca tem muito sal e lesmas odeiam sal, sabe. Pelo menos as normais da Terra.

MAS O QUE... O QUE É ESSA "PIPOCA MEIO A MEIO", JUNE?

É a razão pra eu não querer ter voltado aqui...

ME CONTA, JUNE, ASSIM COMO TE CONTEI AS MINHAS HISTÓRIAS DE BATALHAS.

A última vez que vim aqui, eu tinha 8 anos. E EXAGEREI demais nas frituras! Donuts fritos, Oreos fritos, picles fritos empanados, picles fritos e não empanados. E finalizei com 5 pacotes de pipoca doce e cheia de sal feitas na hora...

Me senti mal, mas mesmo assim fui no giro-gravitacional...

Não queria perder...

E no meio da brincadeira, eu...

EJETOU UMA PARTE DA COMIDA PELA SUA BOCA.

Ah não! Minha roupa!

Alguém pare o brinquedo.

Tá no meu cabelo!

E na minha orelha!

E na minha também!

JUNE, ESSA HISTÓRIA FOI BEM REVOLTANTE E GLORIOSA.

OBRIGADA POR COMPARTILHAR.

Que bom que deixei você feliz.

Mas foi a coisa mais embaraçosa que já me...

SSSSHHHHHSSSS!

Aaahh!

GUIIIII!

GUIIIII HHSSSS!

Skaelka, vai e liga o giro-gravitacional. Eu vou levar eles lá.

POP! POP! POP!
TAK TAK TAK!

Essa é uma péssima ideia.

ÓTIMO! A CLAUDIA E A SKAELKA ADORAM PÉSSIMAS IDEIAS!

TAK! PAMF!

Pipoca! Pegue sua pipoca aqui!

Venha aqui e abra BEM a BOCA!

ISSO! O sal funciona mesmo nas lesmas controladoras de zumbis!

Venham, galera. Não desistam. Vocês sabem que querem me pegar.

TAK TAK TAK!
PAMF!

RARRGHHR!

HISSSS!

123

BAM!
PAMF!
PAF!
Não acredito que vou nesse brinquedo de novo...
QUANDO VOCÊ QUISER!
Rover, fecha a porta! Skaelka, pode ligar!
HISSS!!!
BAM!
CA-CHUNK!
VRROOOOM!
HURRAGGHH!
GUIII! GUIII!
GUIIII...
GUIIIIIII!
SLAM SLAM SLAM SLAM

UM POUCO DEPOIS...

MOAAAAAN!

Bom, pelo menos dessa vez não fui eu quem sujou tudo. Mas ficou bem nojento...

SOBROU UM! E ELE ESTÁ TENTANDO ESCAPAR!

VOCÊ NÃO VAI CONSEGUIR LANÇAR UM TROFÉU TÃO LONGE...

Não vou lançar um troféu! Vou lançar a Claudia!

VAI COM TUDO!

LANÇA!

IRRÁ!

VEJA A PERFEIÇÃO!

A JUNE DEVERIA SER QUARTERBACK DOS CLEVELAND BROWNS OU DOS CINCINNATI BENGALS. DE QUALQUER TIME DE OHIO! SÉRIO MESMO!

SHUNK!

TROPEÇA!

GUIIII!

MERRH! GUIIIIII!

SAI DAÍ, LESMA! DESOCUPE A BOCA DESSE ZUMBI HUMANO, JÁ!

GUIIIIIAAAHHHH!

A PIPOCA TÁ SERVIDA!

CORTE SALGADO DA LESMA!

CRIATURA-LESMA FINALMENTE DERROTADA!

— Acho que é bem por isso que temos regras.

— Tipo, não ferir zumbis, pois eles eram pessoas antes.

— E às vezes até os zumbis precisam da nossa ajuda. Se não a gente não se mantém fiel a esses valores...

— ...então seremos tão maus quanto os vilões que enfrentamos. Ou piores.

— CÓDIGO MORAL HUMANO ESTÚPIDO.

— Ah, cala a boca. E vamos embora!

Naquela noite, no canto da Skaelka...

— BOM, CLAUDIA, ESTAMOS EM CASA.

— COM TODOS OS SEUS AMIGOS.

— Você SÓ PODE estar brincando!

WOMP WOMP.

FIM

Ah, entendi. Festival das Lesmas por causa das lesmas.
Valeu, Jack. Fica sempre mais engraçado quando você precisa explicar.
Espera. Quantos machados você tem, Skaelka?
Bom, com isso acabamos as histórias. Significa que...
ESTÁ NA HORA! Se alguém ainda quer enfrentar o monstro sozinho, a gente precisa votar agora.
Todo mundo escreva seu voto. Um por contador de história. Então põe nesse boné convenientemente colocado aí.
Espera aí. O boné convenientemente colocado aí é ajustável?
Parece que é. Mas poderia...
SMASH!

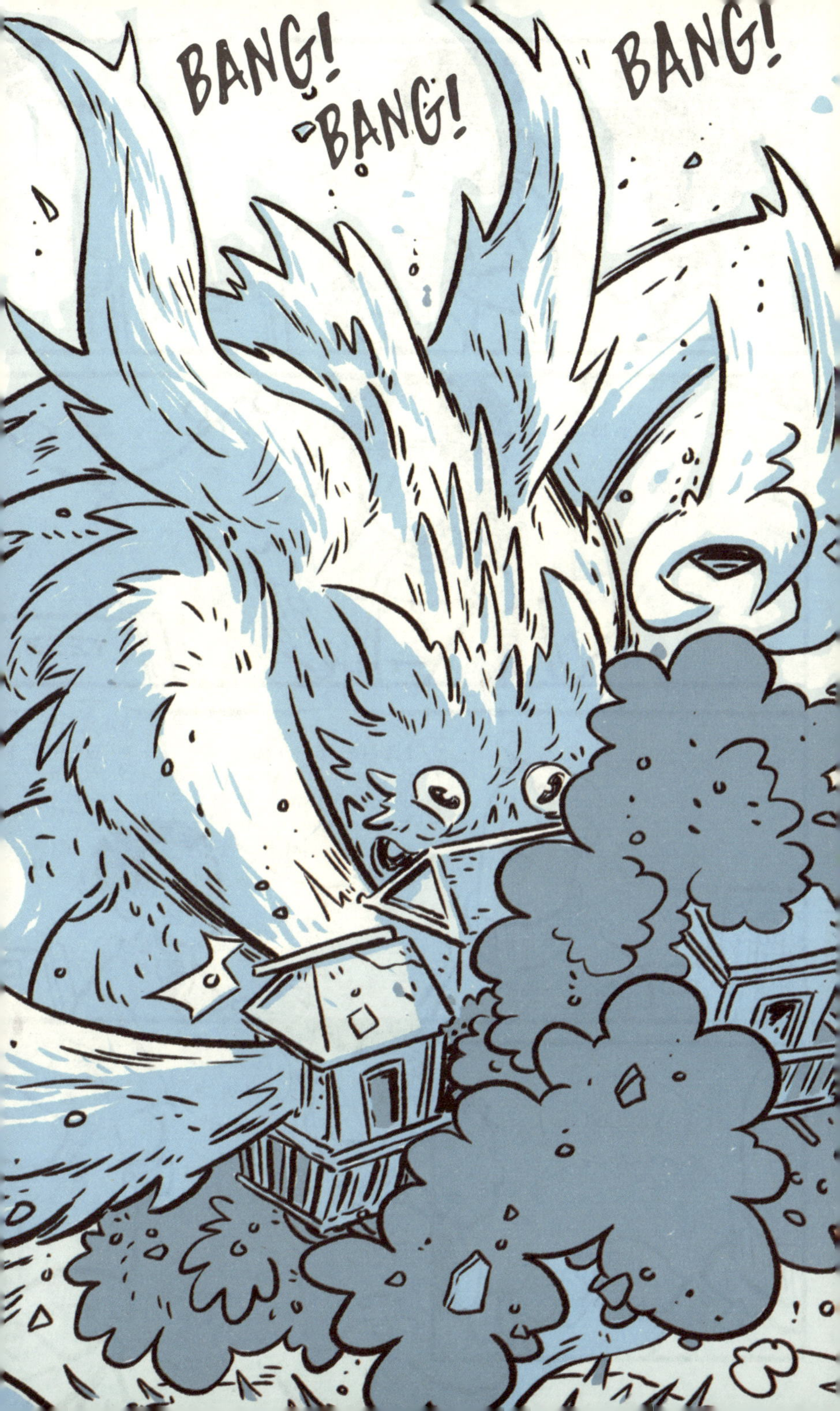
BANG!
BANG!
BANG!

Sete minutos e vários ataques de tentáculos depois...
Certo... um pro Jack, um pro Quint, um pro Dirk, um pra Globlet e um pra June e Skaelka.
Achei que não precisava dizer, mas não é permitido votar em si mesmo.
Não fiz isso. Votei no Quint. Adorei o Garoto Assistente. Esse personagem vai ser um sucesso.
Aah, Dirk. E eu também votei em você!
PARCEIROS!
Eu... votei em mim.
Eu também.
VOTEI NA GENTE, JUNE. ERA O MEU DEVER. NOSSA HISTÓRIA É MUITO SUPERIOR!

E AGORA? MEU MACHADO TEM SEDE DE TENTÁCULOS!
Bom, em caso de empate, vamos todos juntos...
TODOS JUNTOS!
Assim fica BOM!

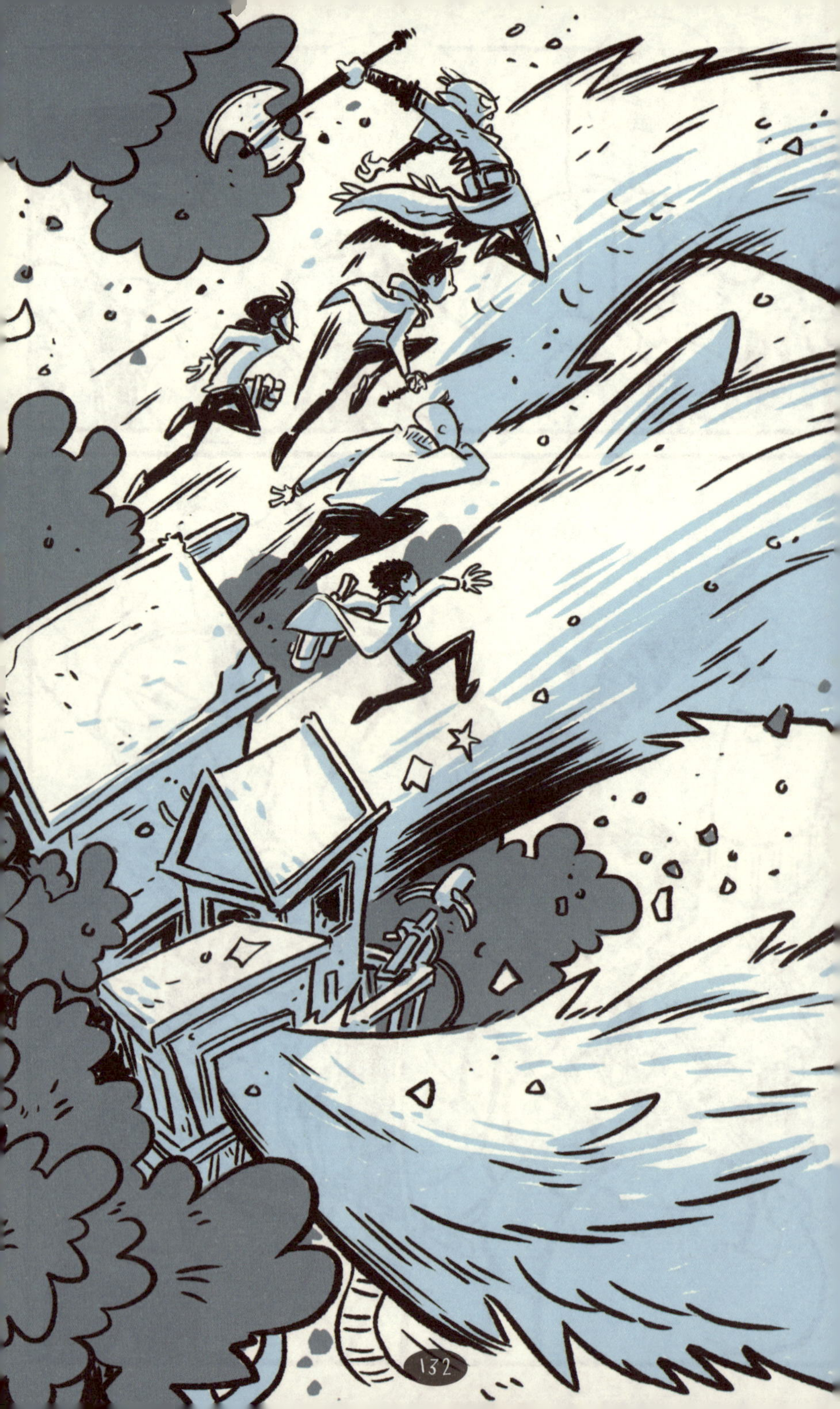

ESPEREM! NÃO, POR FAVOR!

Cancelem o ataque!

Abortar! Abortar!

Não dá pra cancelar a luta em pleno ar! Não é assim que funciona!

CRASH!
Que bizarro!
Estamos encrencados? Acho que a gente vai ser devorado.
VAMOS REPETIR.
Ah, caras, minha geringonça quebrou.
CALMA, GENTE, SÓ QUERIA ZOAR JUNTO. SENTI O CHEIRO DO RANGO E OUVI O SOM, AÍ QUIS ME JUNTAR À DIVERSÃO.
QUE TAL... PESSOAL?
Hã...
Claro, amigo. Quanto mais, melhor.
Estamos contando histórias... você tem alguma?
AAH, MAS É CLARO!

Oito minutos depois...
... ENTÃO SAÍ PELO PEITO DA CRIATURA E COMI A CABEÇA DELA. FOI BEEEM NOJENTO. MAS NÃO TANTO QUANTO O DIA EM QUE EU...
Clássico
É DISSO QUE EU GOSTO. A CLAUDIA ADOROU!
Aah, vou usar no meu próximo gibi.
Melhor história do dia, certeza.
Tanto faz. A minha era melhor, pois tinha EU.
FIM! CARAMBA! ACABOU!

RASCUNHO!

Espera aí! Hora da nossa história!

EVIE SNARK & GENERAL GHAZT EM...

O CONTO ÉPICO DAS COISAS ÉPICAS QUE VOCÊ NUNCA VIU ACONTECER (MAS PROVAVELMENTE DEVERIA SABER DELAS)

Vamos contar eventos pertinentes que aconteceram entre o livro 4 e o livro 7.

Escrita por
Max Brallier

Ilustrações por
Douglas Holgate

HORA DA RECAPITULAÇÃO, QUERIDINHOS!

Oi. Sou a Evie Snark, vilã genial.

Esse grandão de um braço só aqui é o Demolidor.

GRRR-RR-RTT!

O que tem aí, Evie?

Isto aqui? Ah. Preciso contar a história.

Eu tava toda na minha malvadeza, tentando invocar monstros gigantes interdimensionais para dominarem a Terra. E é preciso um objeto poderoso para isso, né? Ouvi que um moleque, o Jeff, tinha um taco quebrado ou sei lá o quê. E precisava dele.

Jack.

Hein?

O nome dele é Jack Sullivan.

CARAMBA! Sério?

E DAÍ?

Enfim.

Certo, pois é. Roubei do moleque. Problema dele. Me processa.

Os adultos têm total permissão de roubar das crianças.

137

E, sabe... funcionou! Decidi abrir o portal no meu antigo lugar favorito, o Cinema ABC, e estava abrindo sem nenhum problema.

Antigo?

Nunca passaram a versão do diretor do Snyder de Liga da Justiça. Desanimei! E o mundo acabou, claro.

Mas claro:

Houve um pequeno problema.

THWACK!!

O Idiota do Jeff Smithsonian.

Jack Sullivan...

POIS É, JÁ OUVI.

O que posso dizer? O moleque, um total estranho, tentou me impedir, e conseguiu! Muito deselegante.

E aí o Ghazt, General do Grande Rezzöch, se fundiu com um rato gigante com pedaços de action figures.

UMA PENA.

ARROTO.

O idiota conseguiu o taco idiota de volta...

E o Demolidor foi esmagado e o perdemos debaixo das cadeiras do balcão, que caíram... pobrezinho.

YIP!

Mas o poder de Ghazt foi todo pra cauda dele. E pelo menos ainda temos...

HAH! CORTA PRA VALER, CLAUDIA!

Ah, é. Lutamos de novo contra as malditas crianças e um dos seus amigos monstros cortou a cauda fora. Há, há!

Eeeeee agora nós dois estamos no esgoto, metafórica e literalmente falando.

Enfim, isso explica tudo pra vocês.

Imagino que tenha uma lição nisso, mas sou uma vilã.

Não ligo pra lições.

Aff. Só leia.

A emocionante história retoma! Vai!

MINHA CAUDA. ONDE ESTÁ? ESTÁ COM VOCÊ? ME DIZ QUE VOCÊ PEGOU!
E parece que estou com ela?
GLOOSH
SAI DA MINHA CABEÇA. ODEIO ISSO!
GLUB
Ah, relaxa. Ratos vivem nos esgotos. Você vai se sentir em casa!
Aham. Vamos voar igual ao Peter Pan.
VOU TE SEGURAR, MAS NÃO PORQUE GOSTO DE VOCÊ.
FRAME CONGELADO!
Foi nesse exato momento que comecei a me arrepender mesmo por ter trazido o Ghazt pra nossa dimensão.
SPLASH!
AHHHHHHHHH! EEEEEEeeeeeekk!

Horas depois...
Espera só... um dia...
Isso será uma incrível história trágica...
A ninguém que...
Hã?
BATATAS COM BACON... TORTILHAS ESPECIAIS, SIM, TRAZ MAIS...
O que aconteceu?
ECAAAAAAA! NÃO! Nada de dedos. Odeio pés, ainda mais de ratos!
ENSEADA DA SEREIA
NÃO HÁ VAGAS
AAHH!
AHHH!

SAIAM DAQUI, SUAS PRAGAS VOADORAS.
MOVIMENTO DE CAUDA FALHOU!
RÁ!
MINHA CAUDA! E TAMBÉM PERDI A HABILIDADE DE CONTROLAR ZUMBIS!
NÃO ACREDITO QUE VOCÊ ME INVOCOU PRA ESTA REALIDADE TERRÍVEL! NÃO ACREDITO QUE EU VIM!
Não culpe a minha dimensão! Você jamais teria perdido a cauda se não fosse um grande vagabundo e preguiçoso!
Eu te invoquei porque o livro dizia que você era um grande servo de Rezzöch. Em vez disso, consegui o maior preguiçoso do mundo.
NÃO SOU PREGUIÇOSO. SOU GHAZT, O GENERAL, UM TERROR CÓSMICO. SOU...
AAAII! MEU RABO CORTADO DÓI MUITO. PRECISO CURAR A FERIDA.
ESPERA! SENTIU ESSE CHEIRO? É ALGO... MAU. UM MAL BEM MALVADO!
SNIFF SNIFF

— Não sinto cheiro de nada. Mas os ratos cheiram bem. Aliás, eles têm um bom olfato.

— SIM! AS NARINAS DESTE CORPO SÃO PODEROSAS! E DETECTAM O MAL, QUE É... DE UM SERVO CÓSMICO, LEAL A REŻŻOCH NESTA DIMENSÃO!

— A CRIATURA NÃO ESTÁ LONGE. E... SIM, ESTÁ NO SUBSOLO. ESSAS TREPADEIRAS DEVEM LEVAR ATÉ LÁ...

SNIFF
SNIFF
SNIFF

— O MEU PODER FAZ DE MIM A CRIATURA MAIS TEMIDA DA MINHA DIMENSÃO! PRECISO RECUPERÁ-LO. AGORA VOCÊ ENTENDE?

— Claro. É como se o Thor fosse mau e tivesse virado um rato, e aí alguém tivesse roubado o Mjolnir.

— UM SERVO CÓSMICO É LEAL A REŻŻOCH E, POR EXTENSÃO, LEAL A MIM. ENCONTRE A CRIATURA E ELA DEVE AJUDAR A RECUPERAR A MINHA CAUDA. ENTÃO VOU COMANDAR UM EXÉRCITO. E VOCÊ...

— SE SENTARÁ AO MEU LADO.

TAP TAP

— Humph!
— Tá bom.

Não acreditei naquilo. E não confiava em ninguém. Mas não tinha opção. Eu havia amarrado meu burro a Ghazt.

Então, parti em busca desse misterioso Servo Cósmico...

Me senti uma personagem de videogame. A heroína do RPG. Mas não pelo lado bom. Só estava fazendo tarefas pro grande NPC com cara de rato.

Algum servo de Rezzóch por aqui?

Ah, não deve ser isso aqui.

DISCOS DO SUBSOLO

NOVOS E USADOS

AH, OIIIIIIII.

E então acertei na mosca.
BUUM! BANG!
BUUM! BUUM! BANG!
Ou quase...
AAAHH!
BAM!
QUIIII!
CORTA!
GGRRRRRRR
Ah, vamos! Quero ver!
HISSSS
ERRA!
ATACA!

Xii! Não devia ter desafiado a coisa...
SMACK!
AAH!
GIRA
THUD
Aaai!
GRRR
BRRRRRRR
CABRUUUUUMM!
?!
Hã, você sentiu isso também?

ERUPÇÃO TREPADEIRA!

AGARRADO!

Mas o quê?

SKEEYOWWLL!

SHIIIIIKK!

ARRASTADO! PUXADO!

Isso é novo!
O Ghazt disse no subsolo...
Então, desci no túnel do monstro...
Parece que alguém tá vazando...

Algumas semanas atrás, eu estava finalmente juntando a Cabala Cósmica! Agora, estou andando por um túnel monstruoso de monstro.
Hummmph!
Andei por horas, seguindo a trilha de gosma.
Até que, enfim, o cheiro do mal e cheiro de monstros apodrecidos me levaram ao meu destino...
Uau! Isso é...
TÃO LEGAL!

— Nossa. Se alimentando de monstros, é? E sem nem se importar em cozinhá-los?

— Baseada no fedor enorme daqui, imagino que você seja o Servo de Rezzóch, não?

— Já entendi, você não gosta de falar enquanto come. Eu sou assim também.

— Vou esperar aqui até você terminar.

Horas se passam.

Fica claro pra mim que ele não vai acordar tão cedo.

Então parti. Voltei até o Ghazt e contei o que encontrei.

Ele ficou feliz.

— ESTOU FELIZ!

O Ghazt me disse pra voltar todos os dias, até o Servo acordar. Fiz isso. Pois o Ghazt me prometeu que assim nós recuperaríamos o nosso poder.

"Nós."

Então, voltei para a caverna várias vezes ao longo das semanas seguintes.

Booomm diaaa! Trouxe rosquinhas. Meio mofadas e estragadas, mas você não parece fresco. Como está hoje?

Depois de seis dias, tinha aprendido malabarismo, batido o meu recorde no Tetris e arrancado toda sujeira de monstro acumulada nos meus tênis. Não aguentava mais.

Tá perto de acordar?

Estou aqui embaixo fazendo as coisas do Ghazt, enquanto ele fica lá em cima assistindo a desenhos animados!

Eu que deveria estar vendo desenhos!!!

BISH

Eu não mirei, mas a bola quase acertou bem no nariz daquele mal interdimensional grudado na parede.

Foi quando entendi. Cercada por carcaças de monstros apodrecidas e ossos podres...

KICK

Que não iria depender mais dos outros para me ajudarem. Só dependeria de mim mesma.

Fui procurar a bola, e ela tinha caído na órbita vazia de um monstro.

Aquela coisa se mexia enquanto o Servo Cósmico se alimentava, sugando as entranhas do monstro como se fosse um suco. Assisti às trepadeiras estalarem e vibrarem.

A bola se mexeu quando a coisa convulsionou...

E essa imagem... me lembrou de algo...

Eu tinha tirado cópias de páginas importantes de Terrores Interdimensionais: A História da Cabala Cósmica.*

Cadê aquelas páginas?
Conjuração da Agonia, não.
Ressurreição Dolorosa, não.
Gafanhotos Sofredores, não.

Onde está...

Isso! Transmutação Brutal. Exatamente como lembrava.

De repente, ficou claro o que eu precisava fazer. Tão claro quanto o jato da Mulher-Maravilha. Se funcionasse, eu nunca mais seria serva de ninguém...

*NOTA DO AUTOR: Veja em *Os Últimos Jovens da Terra e a Ameaça Cósmica*. Jack rouba o livro! Isso é bem importante.

Quando voltei no dia seguinte, eu estava feliz. Eu tinha um plano.

♪♫ Evie Snark, Evie Snark, aí vem... ♫

E bem naquele dia feliz, finalmente o Servo acordou.

EI! FINALMENTE

HUMPH!

O Servo, Thrull, começou a falar e descobri que o Ghazt não tinha me contado tudo. Na real, ele não havia falado quase nada. E tinha deixado de fora a parte mais importante... A TORRE!

Bom dia, dorminhoco!

Aquilo foi a gota d'água. Ainda bem que eu tinha um plano... pois agora eu ia executá-lo, sem dúvida alguma!

SE A CAUDA É A CHAVE PARA O GHAZT MONTAR SEU EXÉRCITO E CONSTRUIR A TORRE, VOU AJUDAR VOCÊS. PELO GHAZT. E PELO REZZOCH.

MAS, PRIMEIRO, DEVEMOS LIDAR COM OS PEQUENOS HUMANOS...

MUITO BRAVA!!

Ugh! A perturbação do tamanho de um mosquito chamada Jack Sullivan estava lá. Junto com seu bando de desajustados que se acham heróis apocalípticos!

Assisti, maravilhada, quando o Thrull lançou uma enorme escavinha sobre eles. Nunca tinha visto tanto poder.

BOOM!

Uau! Você é o verdadeiro Homem-Aranha aqui.

SOLTA

EVIE SNARK, NÃO É? VENHA, VAMOS ACHAR A CAUDA DO GHAZT E RECUPERÁ-LA.

E você já se envolveu com os quatro pestinhas antes?

SIM. FOI A AÇÃO DELES, E TAMBÉM UMA CRIATURA DE MENTE FRACA E BARRIGA MOLE CHAMADA BARDLE, QUE ME COLOCOU AQUI EMBAIXO.

ADOLESCENTES SÃO TERRÍVEIS...

Estava felicíssima. Íamos recuperar a cauda...

♪♫ Shimmy, ♪ shimmy, cocoa pop. Shimmy, shimmy, rock. Shimmy, shimmy... ♫

STRUT

Achei que a gente ia resolver tudo. Em vez disso, as coisas estavam prestes a desandar de vez.

Vamos pegar a caudaaaaa! Vamos pegar a caudaaaaa!

Ah, se eu soubesse o que iria acontecer, sinceramente, não sei o que teria feito...

O que aconteceu a seguir mudou tudo. Para o Ghazt e para mim...

Não conseguia acreditar no que estava vendo.

Não...

Fui iludida e enganada por um vigarista cósmico decadente.

Thrull ia destruir Jack e seus amigos em seguida! Não quis ver isso, então parti...

Caminhei durante horas. Chovia muito. Fiquei feliz, pois o mundo exterior refletia como eu me sentia por dentro...

POR QUE DEMOROU TANTO? SEM VOCÊ PRA SEGURAR O GUARDA-CHUVA SOBRE A MINHA CABEÇA, FUI FORÇADO A ME PROTEGER AQUI COMO UM, SEI LÁ, ROEDOR!

A criatura despertou e se chama Thrull.

ESPERA. O QUÊ? BOA! O THRULL VAI ME AJUDAR A RECUPERAR A CAUDA!

Não, vai não. Ele roubou a cauda. É meio que parte dele agora.

COMO É? ELE REQUEIJOU NOS AJUDAR?

Não fale desse jeito. É estranho ouvir você falar assim

MAS... MAS... ELE NÃO PODE FAZER ISSO! ESTOU ACIMA DELE NA HIERARQUIA CÓSMICA!

SMACK!

Acho que a ambição ganha da hierarquia...

VOCÊ TINHA UMA TAREFA!
Pra começar, foi ideia sua pedir a ajuda dele. O seu amigo nos traiu. E o mais importante de tudo...
O que é a Torre?
O QUÊ? ONDE VOCÊ OUVIU...? HÃ... BOM... CERTO... ENTÃO... BEM... A TORRE.
Pois é, a Torre. Esqueceu de me falar dela, né?
Hora de queijar a verdade!
– É SÓ UMA COISINHA E NADA. SEM IMPORTÂNCIA. É UMA TORREZINHA. NEM É MUITO ALTA, TIPO UM CASTELO DE AREIA.
PARECE QUE EU TÔ MENTINDO?
Parece que eu tô de óculos?
(Eu tô).

ESTÁ BEM. OLHA, NÃO É COMO SE EU FOSSE CONSTRUIR A TORRE SEM VOCÊ.

EU SÓ NÃO QUERIA CONSTRUIR, ENTENDE? ESSA TRANSFORMAÇÃO EM RATO É DIFÍCIL PRA MIM. VOCÊ FAZ IDÉIA DE COMO TEM SIDO?

Cara, todo mundo está passando por momentos difíceis. Mas esse Apocalipse dos Monstros me deu motivação.

E você perdeu a sua completamente.

INACREDITÁVEL! Invoquei uma divindade monstruosa de outra dimensão pra me ajudar a liderar um exército e ele acaba sendo a criatura cósmica mais preguiçosa e inútil da existência.

Amarrei meu burro ao rato errado. Tô **VAZANDO DAQUI.**

QUÊ? AONDE VOCÊ VAI? EU TÔ FERIDO. VAI ME LARGAR AQUI?

Pelo visto, você não quer reaver os seus poderes.

E nem quer ter uma parceira mesmo.

Então, sim, vou te deixar aqui. Vou mesmo.

Continuei pelas ruas da cidade. Largar o Ghazt me revitalizou e me rejuvenesceu. Porque eu sabia que não seria serva de mais ninguém.

Eu venceria sozinha.

Voltei aos Cinemas ABC, o lugar onde meus grandes planos foram por água abaixo. Onde o meu Demolidor caiu.

O Demolidor era poderoso. Éramos uma bela equipe!

E QUE BELA EQUIPE!

Ele estava lidando com os quatro pestinhas.

Mas acabou soterrado por duas toneladas de balcão de cinema.

E o Ghazt surgiu. Ele era o futuro, então deixei o Demolidor pra trás.

Foi uma decisão idiota, eu sei. Ele me serviu bem. Mas eu não precisava mais dele.

Posso tentar compensá-lo. Deixando ele me servir de novo...

Ah, chocolatinhos.

CRUNCH!
CLINK, CLINK...

Hã?

Tinha algo GRANDE naquele cinema... torci para que fosse ele...

Meu coração bateu mais forte quando entrei no cinema... o lugar onde a minha vida deveria ter melhorado, em vez de piorar...
MURRRMMMM ...
RAWRRRRNNN ...
Meu coração quase saiu pela boca.
Demolidor! Tô indo!
Preciso de uma alavanca...
ENCAIXA!
Peso...
estúpido...
cadeiras... reclináveis estúpidas!

POP!

Demolidor! Finalmente nos reencontramos! Somos...

GRRRRRR!

Tá bom, você está meio bravo!

GIRA! CRUNCH!

— Eu entendo. Vou me sentar aqui um pouquinho enquanto você se acalma...

MERH!

Quer chocolate?

— Sobreviveu comendo isso aqui? Os ratões que infestavam o cinema?*

— Olha... há... Todos em quem eu confiava me traíram. A minha vida toda, na verdade. Mas não você, Demolidor.

Pois é, eu te salvei daqueles Rifters, mas não significa que você me devia algo.

— Então vou compensar você. Vou te deixar mais poderoso, e mais leal, do que você jamais imaginou.

URGHH!

*NOTA DO AUTOR: Tudo culpa do Quint. Veja em *Os Últimos Jovens da Terra e A Ameaça Cósmica*.

Não vou me deixar ser manipulada de novo.

Não vou contar com mais ninguém além de mim mesma e dos meus próprios planos.

Espinhos de Besta
19 metros de monstruosa
1 unha de Konag
11 fios de pelo de Rooket
Língua de Formensch

Amassar cada ingrediente, depois moer e colocar em uma vasilha. Colocar um de cada vez

Já volto, Demolidor. Juro, pois...

Tenho planos pra gente, meu amigo.

Coletei os ingredientes depressa. E sem nenhuma... hesitação...

De volta aos trailers, o Ghazt decidiu que queria sua cauda de volta, sim... e a dignidade também.

QUEM É VOCÊ? GHAZT, O GENERAL.

RÁPIDO! FORTE!

O QUE VAI FAZER? FICAR FORTE DE NOVO!

THRULL! VOU TE PEGAR!

Enquanto o Ghazt posava como o Rocky...

Consegui. Juntei todos os ingredientes!

Era hora de dar a mistura para o meu amigo monstro. E a máquina de refri seria o jeito de fazer isso...

Me senti o Link colocando cada ingrediente em um tubo diferente.

Vai, mistura, vai descendo, gira, gira, e vai crescendo!

Mais tarde...

Oi, Demolidor! Que bom que acordou! Bem na hora! Se você teve sonhos esquisitos com vários tubos sendo colocados em você, bom, não eram sonhos.

Você vai amar. Cada ingrediente está num tubo e todos irão para você.

Logo, você será mais do que uma máquina monstruosa de dar porrada. Será a minha Máquina Monstruosa de dar porrada.

O que você achou do toque de baunilha e cereja? Eu gosto bastante desses sabores.

E lá vamos nós...

SLOOSH! RUSHHH!

INFUSÃO DA MISTURA!

Tenho que resolver umas coisas. Mas, antes, um detalhe rápido...

CABRUUUUMMM.

Não sei o quanto vou demorar e não quero que você fique superforte e fuja de mim.

CHUTA!

CRUNCH!

Ciao!

Falei a verdade pro Demolidor, ele ficará melhor. Mas deixei de fora um detalhe: ele vai precisar de mim para sua força. Assim...

... ele nunca vai me decepcionar.
ORA, ORA, ORA, OLHA QUEM VOLTOU!
ME RECUPEREI E ESTOU MAIS FORTE DO QUE NUNCA.
É HORA DE RECUPERAR A MINHA CAUDA, A FONTE DO MEU PODER. DEVO ESMAGAR O THRULL POR TER ME ENGANADO.
Uau! Fico fora por alguns dias e você recupera a sua vontade!
A raiva te deu foco, hein?
Espera aí, tem algo mais...?
Você está com medo! É isso. Você está com medo, pois...
... se o Thrull construir a Torre, então Rezzőch virá.
E ele estará muito bravo com você, pois o Thrull terá feito o que você não fez.
VOCÊ VÊ MAIS DO QUE EU IMAGINEI.
TAP TAP TAP
O que posso dizer? Uso óculos.

QUERO DETER O THRULL E ME VINGAR. É SÓ ISSO. AGORA, VAMOS NESSA.

Semanas atrás, eu ficaria animadíssima para partir em uma aventura épica com o Ghazt, o grande Terror Cósmico.

Só de imaginar me faria sorrir...

Mas agora hesito só de pensar. Não vou ser a número dois de ninguém.

Se faremos isso juntos, tenho algumas regras.

Primeiro, chega de mentir. Segundo, não faço tarefas. Somos parceiros.

E terceiro, você vai puxar a gente na jornada. Nisso...

WHIP!

AQUI!

O QUE É ISSO?

É a minha carruagem. Tipo do Ben-Hur. É superlegal e você só tá com inveja.

NÃO É SUPERLEGAL. NÃO TÔ COM INVEJA. E NÃO VOU TE PUXAR.
Vai, sim. Você ME DEVE!
EU NÃO...
Sabe o que vai acontecer com você sozinho? Um Terror Cósmico sem poderes?
Num mundo que não conhece e nem entende? Imagina:
GRANDE HUMANO DE FIBRA DE VIDRO!
PEGUEI O CAMINHO ERRADO LÁ NO POSTO E ESTOU PERDIDO HÁ DIAS. PRECISO DE QUEIJO DERRETIDO, POR FAVOR...
ISSO NÃO VAI ACONTECER. MAS JÁ ENTENDI...
Então... PARCEIROS?
PARCEIROS.

Então, partimos como uma dupla...

Estava bem com isso. Mas tinha prometido a mim mesma e sabia...

...jamais ficaria sem um plano B para mim.

Dei uma olhada no cinema. Quase conseguia ouvir a máquina de refri lá dentro bombeando, bombeando, bombeando...

Volto logo, Demolidor. Não sei como, mas volto logo...

CONSIGO SENTIR A TORRE. E É MINHA. MINHA ARMA, ME CHAMANDO...
CRUNCH CRUNCH
CRUNCH CRUNCH
Tá ouvindo isso? Parece o som de passos. Passos estranhos, diferentes!
?
Olhei pro lado... e engasguei com o que vi...
ABAIXA!
ESTÃO INDO NA DIREÇÃO DA TORRE.
NÃO TEM PROBLEMA, VAMOS DAR A VOLTA.
Não vai dar. Tem mais. Muito mais. Veja...

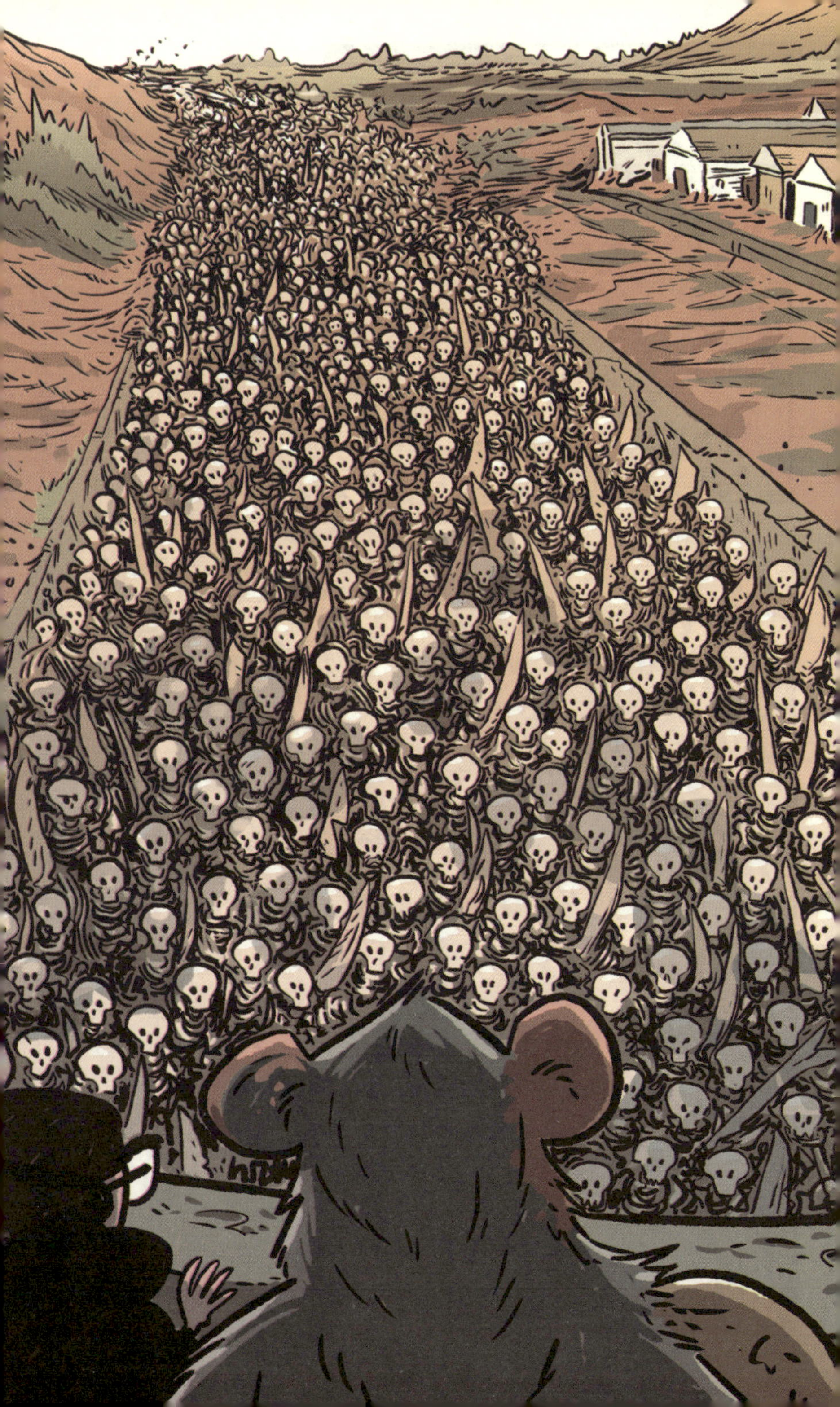

Temos que dar o fora. Rápido. A carruagem. Ali.
EEK!
Mais tarde...
Que diabos foi aquilo?
NÃO SÃO AS CRIATURAS DA MINHA DIMENSÃO.
MAS...
A ENERGIA DELAS É FAMILIAR. SENTI NOS MEUS BIGODES. NÃO SEI O QUE SIGNIFICA, MAS PRECISAMOS NOS APRESSAR.
Apressar PRA ONDE? Tivemos uma dica vaga da direção e já sumiu bem rápido.
VOU LEVAR A GENTE PRA LÁ. PODE ACREDITAR.
Eu acredito. Mas não quero chegar lá depois de uns treze anos.
VOU ENCONTRAR UM CAMINHO.

Dias depois...
VAMOS POR ALI...
Um túnel antigo? Ótimo, sabe como eu adoro estar embaixo da terra...
Sabe... você precisa dar um jeito de o GPS na sua cabeça nos levar para caminhos menos perigosos.
TAP TAP
MINHA NAVEGAÇÃO É SUPERIOR. NÃO ME DESRESPEITE.
CLICK!
TROPEÇA!
ESPIRAL DE ESPINHOS
Isso não parece bom...

DEMÔNIO DOS ESPINHOS IMUNDO!

PERFURA! ESTILHAÇA!

Eles vão perfurar a gente. Temos que...

Ai, estou presa.

Não consigo me mexer e a carruagem foi destruída!

Bom, pelo menos algo bom veio disso...

OLÁ! BEM-VINDOS!
E o seu GPS nem percebeu, né?
DROGA! É UM ARCODENTADO. É UMA ARMADILHA COMUM DELES.
MINHAS CRIANÇAS ESTÃO ESPERANDO HÁ TANTO TEMPO EU CAÇAR UMA REFEIÇÃO QUE VÃO FICAR ANIMADAS. MAS, PRIMEIRO, PRECISAMOS DE MOLHO.
FIQUEM ONDE ESTÃO!
Arcodentado? Crianças? O que é isso?
UM ARCODENTADO PODE REMOVER OS PRÓPRIOS ESPINHOS E MANOBRÁ-LOS COMO QUISER.

É COMO ELE PEGA AS PRESAS DELE.
Bom... mas que droga!
QUANTO MAIS NOS MEXEMOS, MAIS ELES APERTAM.
MALDITO SEJA CORPO DE RATO ESTÚPIDO!
Espera! O seu maldito corpo de rato é a resposta! Os ratos são muito flexíveis!
HÃ?
Ghazt, é hora de abraçar o seu rato interior. E não só por toda a comilança de queijo. Você consegue se espremer e escapar de qualquer lugar. Então, vá em frente, FAÇA ISSO!
NÃO VOU. É INDIGNO.

CEEERRRTO! O SUMO ESTÁ PERFEITAMENTE TEMPERADO. ESTÃO PRONTOS PARA SEREM O PRATO PRINCIPAL DE HOJE? AS MINHAS CRIANÇAS FICARÃO FELIZES EM JANTAR LOGO!
TÁ BOM!
OOH, NOSSA. OLHA ISSO.
SOU TÃO FLEXÍVEL!

Não vi o que aconteceu em seguida.

Apenas ouvi.

O Arcodentado gritou, tentando escapar. Então houve um CRACK alto.

De repente, os espinhos se retraíram depressa.

SMACK!

VOCÊ COMETEU UM ERRO GRAVE!

ME DESCULPA, TENHA PIEDADE, POR FAVOR!

— Vamos embora.

— NÃO. NÃO ACABEI AQUI. SOU UM SER GRANDE E PODEROSO. NÃO POSSO TOLERAR ESSE TIPO DE DESRESPEITO.

— VÁ. VOCÊ NÃO VAI QUERER VER ISSO.

Então eu saí. E ouvi o gemido do Arcodentado quando o Ghazt mostrou o quanto era poderoso... mesmo sem a cauda.

Pronto?
SIM, ARCODENTADO DERROTADO. MAS AS CRIANÇAS...
O que tem as crianças?
NÃO FORAM DERROTADAS...
QUIIIIII!
Ai! Ei!
BORA!
SKIIII-AAAH!
OPS!
O quê? O que foi?
DE NOVO? SÉRIO?

CRUNCH! CRUNCH!

FLICK

UAU!

Isso é incrível.

RÁPIDO! PRECISO DE UM DISFARCE OU VÃO SABER QUE SOU O GHAZT!

Você não precisa de disfarce, já é um rato gigante.

SIM, MAS EXALO UMA CERTA MASCULINIDADE DE SENHOR DA GUERRA CÓSMICO QUE LOGO ME FARÁ SER DETECTADO AQUI.

EI! OLHA O TAMANHO DESSE RATÃO GIGANTE!

ESSE DESFILE DA VERGONHA E DO EMBARAÇO VAI TERMINAR UM DIA?

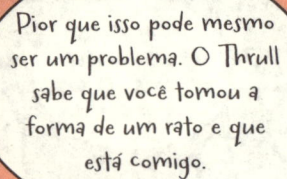

Pior que isso pode mesmo ser um problema. O Thrull sabe que você tomou a forma de um rato e que está comigo.

Se a gente quiser uma chance de conseguir a cauda de volta, precisamos ir até a Torre sem o Thrull saber.

Momentos depois...

MELHOR?

Claro.

Talvez a gente possa entrar nessa coisa e usá-la pra ir até a Torre.

ENTRADA

BEM-VINDOS! Gostaria de uma foto rápida para comemorar a excursão de hoje...

Ah, nossa!

UMA HUMANA! Que incrível. Você é apenas a segunda... não, terceira... não, quinta. Sim, a quinta humana que já encontrei.

E você é meio pequeno pra um rato, mas muito fofo!

Então, o que é essa coisa?
Um Mælûsqçâl. A maior criatura que já encontrei.
SNIIFF SNIFF
GASP!
SNIFF
SNIFF
SNIFF
SNIFF SNIFF
MMMM . . . ESTAREI LÁ DENTRO.
FLUTUA!
Me diga, é possível direcionar a criatura?
Não dá... parece ser impossível controlar esse monstro enorme.
Mas ele parece sentir quando um monstro está sofrendo muito...

— Então irá atrás desse monstro e o ajudará na passagem.

— Não me diga...

— Em breve, Demolidor, em breve...

CABRUM! THOOM!

AAAUUUUUUUUUUUU!

AAH! PREPARAÇÃO PRO LIVRO SETE!

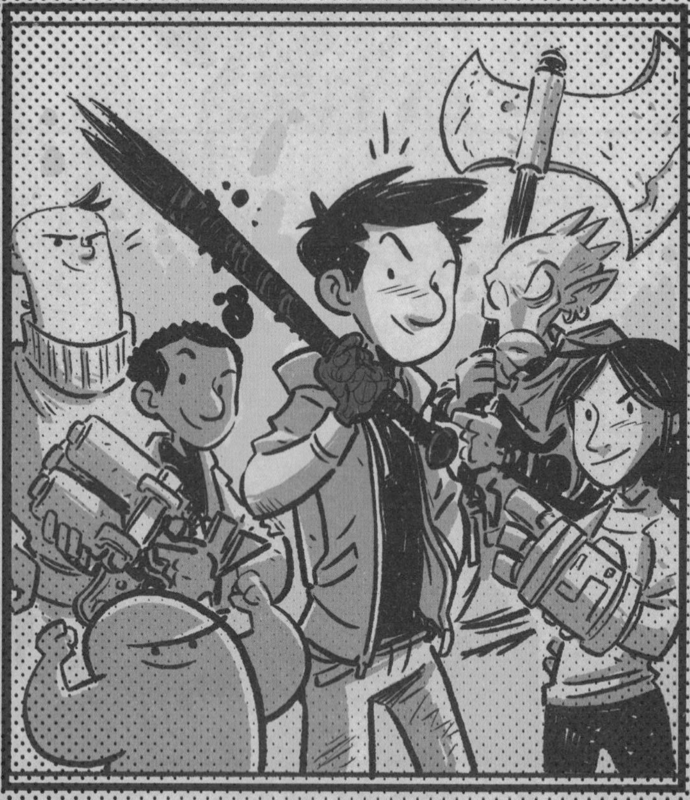

Agradecimentos

ESTE LIVRO FOI um trabalho em equipe, mais do que em qualquer outro livro de *Os Últimos Jovens da Terra*, e sou grato a muita gente. Douglas Holgate, o homem com quadris de um milhão de dólares (de novo). A Dana Leydig, pela ajuda infinita e orientação. A Jim Hoover, por ver esta coisa, recebê-la, entendê-la e guiá-la. A Leila Sales, por ter entrado no finalzinho do projeto. Todos os desenhistas incríveis que ajudaram neste trabalho: Lorena Alvarez Gómez, Xavier Bonet, Jay Cooper, Christopher Mitten e Anoosha Syed. A Josh Pruett, por tantas coisas. A Jennifer Dee, por fazer tantas coisas acontecerem em um momento que fazer as coisas acontecerem parecia impossível. E meus agradecimentos infinitos a Abigail Powers, Jabet B. Pascal, Krista Ahlberg, Marinda Valenti, Emily Romero, Elyse Marshall, Carmela Iaria, Christina Colangelo, Felicity Vallence, Sarah Moses, Kara Brammer, Alex Garber, Lauren Festa, Michael Hetrick, Kim Ryan, Helen Boomer e todos da PYR Sales e PYR Audio. A Ken Wrigth, mais do que nunca. A Dan Lazar, Cecilia de la Campa, Torie Doherty-Munro e todos da Writers House.

MAX BRALLIER!

É autor *best-seller* do *The New York Times*, *USA Today* e *Wall Street Journal*. Seus livros e séries incluem *Os Últimos Jovens da Terra*, *Eerie Elementary*, *Mister Shivers*, *Can YOU Survive the Zombie Apocalypse?* e *Galactic Hot Dogs*. É o escritor e produtor da premiada adaptação da Netflix de *Os Últimos Jovens da Terra*. Max vive em Los Angeles com a esposa e filha.

O autor construindo sua própria casa na árvore.

DOUGLAS HOLGATE!

É o ilustrador do *best-seller Os Últimos Jovens da Terra* do *The New York Times*, publicada pela Penguin Young Readers (agora também vencedora do Emmy pela série animada da Netflix). É também cocriador e ilustrador do romance gráfico *Clem Hetherington and the Iron Race*, publicado pela Scholastic Graphix.

Tem trabalhado nos últimos vinte anos com livros e histórias em quadrinhos para editoras ao redor do mundo de sua garagem em Melbourne, Austrália. Vive com a família (e um cachorro grande e gordo que deve ter algum parentesco com um urso polar) na selva australiana de 2 hectares cercada por rochas vulcânicas de oito milhões de anos.

Lorena Alvarez Gómez nasceu e cresceu em Bogotá e estudou design gráfico e artes na Universidad Nacional de Colombia. Faz ilustrações para livros infantis, publicações independentes, propagandas e revistas de moda. Visite seu site lorenaalvarez.com e a siga no Twitter @ArtichokeKid.

Xavier Bonet é um ilustrador e quadrinista que vive em Barcelona com a esposa e dois filhos. Já ilustrou muitos livros infantis, incluindo dois da série *Thrifty Guide*, de Jonathan Stokes, e *Really Scary Stories*, de Michael Dahl. Ama coisas retrô, videogames e comida japonesa, e, sobretudo, passar tempo com a família. Visite seu site xavierbonet.net e o siga no Twitter e Instagram @xbonetp.

Jay Cooper é um designer gráfico de livros e propagandas de peças teatrais (ele ainda fica impressionado por já ter trabalhado em mais de cem musicais e peças da Broadway). Mas nada o faz mais feliz do que escrever e ilustrar histórias para crianças. É o autor e ilustrador da série *Spy Next Door* e da série Pepper Party, publicada pela Scholastic Press. Também ilustrou *Food Trucks!*, *Delivery Trucks!* e a série *The Bots*, publicada pela Simon & Schuster. Vive com a esposa e filhos em Maplewood, Nova Jersey. Visite seu site jaycooperbooks.com e o siga no Twitter @jaycooperart.

Christopher Mitten nasceu em uma fazenda de vacas malhadas no sul de Wisconsin, mas agora passa o tempo vagueando pelas selvas enevoadas do subúrbio de Chicago, desenhando pessoinhas em caixinhas. Christopher já contribuiu com trabalhos para Dark Horse, DC Comics, Oni Press, Vertigo, Image Comics, Marvel Comics, IDW, Black Mask, Gallery Books, Titan Comics, 44FLOOD, Simon & Schuster, entre outros. Pode ser encontrado em seu Instagram e Twitter @Chris_Mitten e em seu site christophermitten.com.

Anoosha Syed é uma ilustradora e designer de personagens animados pasquistã-canadense. É a ilustradora de *Bilal Cooks Daal* de Aisha Saeed, publicado pela APALA Honor Books, *I Am Perfectly Designed*, de Karamo Brown e Jason Rachel Brown, e muitos outros. Alguns de seus clientes anteriores também incluem Google, Netflix, Dreamworks TV e Disney Jr. Em seu tempo livre, Anoosha compartilha sobre educação artística em seu canal do YouTube. Anoosha é apaixonada pela criação de personagens charmosos com ênfase em diversidade e inclusão. Vive em Toronto com o marido. Visite seu site anooshasyed.com e seu Twitter e Instagram @foxville_art.

> Ué, cadê a minha biografia?

> Oláááárrr?

LEIA A AVENTURA COMPLETA DOS 4 CONTRA O APOCALIPSE!

OS ÚLTIMOS JOVENS DA TERRA
4 CONTRA O APOCALIPSE
NETFLIX
MAX BRALLIER!
DOUGLAS HOLGATE
OS ÚLTIMOS JOVENS DA TERRA
A MARCHA dos ZUMBIS
OS ÚLTIMOS JOVENS DA TERRA
O REI dos PESADELOS
OS ÚLTIMOS JOVENS DA TERRA
A AMEAÇA CÓSMICA
OS ÚLTIMOS JOVENS DA TERRA
A LÂMINA DA MEIA-NOITE
OS ÚLTIMOS JOVENS DA TERRA
A ESTRADA DOS ESQUELETOS
OS ÚLTIMOS JOVENS DA TERRA
GUIA DE SOBREVIVÊNCIA
OS ÚLTIMOS JOVENS DA TERRA
A AVENTURA DA JUNE

ASSINE NOSSA NEWSLETTER E RECEBA INFORMAÇÕES DE TODOS OS LANÇAMENTOS

www.faroeditorial.com.br

ESTA OBRA FOI IMPRESSA EM NOVEMBRO 2023